Hugo Wiener
Ein Grund zum Feiern
Meine Frau und ich

Satiren

Amalthea

Titel der Erstauflage
»Meine Frau und ich«

2. Auflage 1991

Redaktion: Brigitte Sinhuber-Erbacher
Umschlagillustration: Rudolf Angerer
Satz: Fotosatz Völkl, Germering
Druck und Binden: Wiener Verlag, Himberg bei Wien
Printed in Austria 1991
ISBN 3-85002-184-X

Inhalt

Ein verrücktes Paar

Vorwort

Dies ist ein Satirenband für Kenner ebenso wie für Anfänger in Sachen Humor; für die einen zum Neuentdecken, für die anderen zum Wiederlesen.
Im ersten Teil wirft der Autor einen tiefen Blick in die Seele der Frau, der zu den humorvollsten Erkenntnissen führt. Hauptperson und beliebtestes Opfer seiner Studien ist die eigene Ehefrau, seit dem ersten Buch Begleiterin durch dick und dünn und dem Wiener-Leser wohlvertraut. Ihre heitersten Erlebnisse sind hier erstmals gesammelt nachzulesen.
Der zweite Teil birgt eine Entdeckung. Wer unter den zahlreichen Hugo Wiener-Fans hat gewußt, daß ihr Lieblingsautor ihnen auch schon im Fernsehen heiterste Stunden bereitet hat: »Ein verrücktes Paar«, mit Harald Juhnke und Grit Böttcher, hat in vielen Folgen Hugo Wiener zum Autor. Hier sind nun einige der typischen Episoden im Original nachzulesen.
Und jetzt machen Sie sich's bequem und lassen sich von Hugo Wiener erzählen »Wie das Leben so spielt«, daß »Strichweise Regen« immer auch »Strichweise Sonne« bedeutet und daß »Heiterkeit auf Lebenszeit« immer noch das beste Lebensmotto ist ...

Meine Frau und ich

»Autsch!«
(Thomas Alva Edison, unmittelbar nach der Erfindung der elektrischen Glühlampe).

Genaue Auskunft

Zum besseren Verständnis:
1. Meine Frau und ich haben ein Sommerhäuschen gemietet. Genau gesagt: in Österreich. Noch genauer: in der Steiermark. Noch genauer: bei Bruck an der Mur.
2. Meine Frau und ich sind nicht motorisiert. Wir sind weder Autofahrer noch Autobesitzer.
3. Mela Robinson, die Frau unseres Anwalts, hatte von ihrem Gatten endlich das gewünschte Kleinauto bekommen und wollte damit ihre erste größere Ausfahrt machen.
4. Wir luden sie ein, das Wochenende bei uns in der Steiermark zu verbringen.
5. Es gibt Frauen, welche die Fähigkeit besitzen, einem Menschen klarzumachen, wie er mit dem Wagen von A nach B kommt. Meine Frau besitzt diese Fähigkeit nicht.
6. Es gibt Frauen, welche die Fähigkeit besitzen, an Hand der Straßenkarte ihren Weg selbst zu finden. Mela Robinson besitzt diese Fähigkeit nicht.
Meine Frau und ich saßen in der guten Stube des oben erwähnten Sommerhäuschens. Meine

Frau saß an meinem Schreibtisch, die Straßenkarte vor sich. Mela wollte anrufen, um zu erfahren, wie sie am besten zu uns komme. Das Telephon surrte – meine Frau hob ab. »Mela? Grüß dich, mein Schatz! Ich werde dir sofort alles erklären.« Sie blickte auf die Karte. »Du fährst also über die 17er Straße ...«
»Warum?« unterbrach ich sie.
»Warum nicht?«
»Sie kann doch über die Autobahn fahren.«
»Mela fährt nicht gern über die Autobahn.«
»Doch!« hörte ich Melas Stimme aus dem Apparat.
»Na siehst du!«
»Gut«, sprach meine Frau weiter. »Du fährst also über die Autobahn, fährst bis Baden, nimmst aber nicht die Umfahrung, sondern fährst durch die Stadt.«
»Warum?« fragte ich wieder.
Meine Frau hielt die Sprechmuschel zu. »Mela geht gern in die Konditorei am Platz. Ich hoffe, daß sie ein Stück Kuchen mitbringt, sonst haben wir zu wenig zur Jause«, flüsterte sie.
»Darauf kannst du dich doch nicht verlassen«, flüsterte ich ebenfalls. »Außerdem kannst du doch einen Gast nicht den Kuchen mitbringen lassen.«
»Okay, okay!« hörte ich Melas Stimme. »Ich bringe den Kuchen. Sagt mir nur, wie ich zu euch komme!«

»Moment«, sagte meine Frau, »ich bin schon dabei. Nach der Karte fährst du am besten nach Enzesfeld – nein, nach Leobersdorf – nein, nach Sollenau – das heißt, doch nach Enzesfeld – dort hättest du sowieso von der Autobahn runter müssen, weil sie gesperrt ist. Ein Unfall. Tankwagen oder so. Apropos. Was sagst du zu Bobby Singer?« Sie hielt den Atem an. »Du *weißt* nicht?« fragte sie halb überrascht, halb erfreut, weil sie nun die erste war, die Mela die Neuigkeit mitteilen konnte. »Bobby hatte einen Autounfall. Ein Passant ist ihm in den Wagen gerannt. Direkt hinein. Es ist nicht viel passiert – der Mann hat bloß eine leichte Verletzung am Fuß erlitten, aber er verlangt 50 000 Schilling Schmerzensgeld. Bobbys Anwalt sagte: ›Mein Mandant ist kein Millionär, daß er so viel übriges Geld hat!‹ – worauf der Gegenanwalt sagte: ›Mein Mandant ist kein Tausendfüßler, daß er soviele übrige Füße hat!‹ Lustig – was?« Etwas lauter: »Ich sagte: Lustig – was!« Sie horchte auf. »*Was* ist mit Lustig? Pleite? Tut mir leid! Zu groß gelebt! Voriges Jahr ist er noch mit fremden Frauen im eigenen Wagen gefahren – heute wird er froh sein, wenn er mit der eigenen Frau in einem fremden Wagen fahren kann. Schrecklich! *Was* willst du wissen? Ach ja, wie du zu uns kommst! Du fährst also – wie weit, habe ich gesagt?«

»Bis Enzesfeld«, hörte ich Mela antworten.

»Richtig! Von dort fährst du« – meine Frau warf einen Blick auf die Karte – »nach Holles. Es kann auch Hölles heißen, es ist alles so klein gedruckt. Meine Brille ist beim Optiker. Der Kater hat sie vom Tisch geholt. Wie es ihm geht? Gut. Seine Augen machen mir Sorgen, vielleicht sieht er schlecht, weil er sich die Brille geholt hat. Du fährst also nach Enzesfeld. Wir waren schon weiter? In Hölles? Stimmt. Du weißt, daß es auch Holles heißen kann. Moment, da ist ein Zeichen. Eine Kirche ist dort – es kann auch eine Kapelle sein. Wenn du zu einer Kirche oder zu einer Kapelle kommst, bist du in Hölles oder Holles. Von dort mußt du nach Wöllersdorf.«

»Vorsicht, Straßenarbeiten!« warf ich ein.

»Vorsicht, Straßenarbeiten!« sprach meine Frau in den Apparat. »Du fährst also« – ihr Blick irrte über die Karte – »entweder nach Weikersdorf, Winzersdorf oder Urschendorf – was dir sympathischer ist – wichtig ist, daß du nach Ternitz kommst. Von Ternitz fährst du nach Stuppach – Stuppach, nicht Buchbach – das gibt es nämlich auch, wie ich eben sehe – du fährst nach Stuppach –«

»Dort werden Kabel gelegt«, warnte ich.

»Dort werden Kabel gelegt, also fährst du doch nach Buchbach und nicht nach Stuppach. Da steht« – sie bemühte sich zu entziffern – »S-t-u-p-p-a-c-h-g-r-a-b-e-n«. Verzweifelt wandte sie sich an mich: »Wie kommt Mela

über den Stuppachgraben?« Ich zuckte die Achseln. Ich wußte es wirklich nicht. »Ich glaube«, sagte meine Frau wieder zu Mela, »du mußt nach Holles oder Hölles zurück, wo die Kirche oder die Kapelle steht. Oder noch besser – du fährst nach Reichenau. Ich sehe, das ist der bessere Weg. Da fährst du immer geradeaus – bis du zu etwas Hellgrünem kommst.«
»Die Mürz«, warf ich ein.
»Mein Mann glaubt, daß es die Mürz ist. Dort fährst du über die erste Brücke –«
»Die wird repariert«, unterbrach ich sie.
»Die wird repariert«, setzte meine Frau fort. »Du fährst also über irgendeine Brücke und kommst – wie da steht – nach Lechen. Was machst du in Lechen?«
»Nichts mache ich in Lechen«, hörte ich Mela, etwas gereizt. »Du sollst mir erklären, wie ich zu euch komme!«
»Von Lechen? Du fährst – was steht hier – nach Neufeld. Apropos Neufeld! Du kommst doch mit ihm zusammen. Was macht er? Er hat sich verlobt? Das darf nicht wahr sein! Mit wem? Mit Erni Kobler? Die war doch schon auf mehr Schößen als eine Serviette!«
Ich hatte einen Blick auf die Karte geworfen. »Der Ort heißt nicht Neufeld, sondern Heufeld«, sagte ich.
»Ach ja? Mein Mann sagt mir eben, daß er Heufeld heißt! Der Ort, nicht der Neufeld! Der

Neufeld heißt Neufeld, und Heufeld heißt Heufeld!«
Ich hielt es nicht länger aus – ich ging aus dem Zimmer.
Meine Frau erklärte noch lang weiter.
Um 15 Uhr sollte Mela bei uns sein – um 19 Uhr läutete das Telephon.
Ich hob ab. »Ja?«
»Hier ist Mela! Entschuldigt die Verspätung ...«
»Ist etwas passiert?«
»Ihr müßt mich holen kommen. Du weißt doch, daß mir deine Frau den Weg erklärt hat ...«
»Ja. Wo bist du?«
»In Ungarn – im Gefängnis.«

Hätte Admiral Nelson das Kartenlesen so gut verstanden wie meine Frau es versteht, hätte er die spanisch-französische Flotte nicht bei Trafalgar gesucht, sondern auf dem Großglockner.

Es gibt nur einen einzigen klugen Hund auf der Welt, und den hat jeder Hundebesitzer. Die Frage ist nur:

Wie erziehe ich einen Hund?

Meine Frau und ich besuchen einmal im Jahr Tante Lisa. Eigentlich ist sie weder meine Tante, noch heißt sie Lisa. Sie war die Nachbarin meiner Eltern, als ich ein vierjähriges Kind war, also nannte ich sie Tante, und da sie Risa hieß und ich damals noch kein R aussprechen konnte, sagte ich Lisa. Und da ich den R-Fehler noch heute habe, ist es dabei geblieben. Ich schäme mich, es zu gestehen, aber ich sage W statt R. Besonders schlimm ist es, wenn sich zwischen zwei r ein Vokal befindet, und es gibt Wörter, die mir einen richtigen Schrecken einjagen. Wenn z. B. auf einer Party das Gespräch auf Terror, Horror oder gar auf den Komponisten Wolf-Ferrari kommt, verlasse ich sofort das Haus. Ich müßte mich ja doch an dem Gespräch beteiligen und hätte dann nur einen armseligen Tewow, Howow oder Wolf-Fewawi zu bieten. Sie, charmanter Leser und Sie, schöne Leserin, werden fragen: wo spricht man ausgerechnet von Wolf-Ferrari? Ich kann es Ihnen sagen: überall, wo ich dabei bin. Aber ich wollte von Tante Lisa erzählen.
Tante Lisa hat ein kleines Haus in Gars am

Kamp. Leider neigt sie zur Fülle, und das Haus beginnt ihr um die Hüften zu eng zu werden. »Neigt sie zur Fülle« habe ich geschrieben? Ihnen kann ich es sagen: Sie ist so dick – wenn sie ihre Tasche von der einen Hand in die andere geben will, muß sie sie werfen. Tante Lisa macht deshalb jedes Jahr im Juli eine Abmagerungskur. Sie nimmt im Sommer mit vieler Mühe zwei Kilo ab und nimmt im Winter mühelos zwölf Kilo zu.

Nach jeder dieser Kuren lädt sie uns ein, so auch heuer. Wie ein Tank wälzte sie sich durch die Tür. Nachdem wir sie begrüßt und ihr gesagt hatten, wie schlank sie geworden sei, setzten wir uns im Garten zum Kaffeetisch. Da standen Sachertorten, Schlagobers, Nuß- und Mohnschnitten, Obstkuchen usw. Da wir selbst eben eine Dr. Mayer-Kur machten – wir aßen seit einer Woche nur alte Semmeln und tranken Milch dazu –, lief uns das Wasser im Mund zusammen. Aber wir wollten standhaft bleiben. Wollten. Tante Lisa ließ es nicht zu.

»Du willst uns verführen?« fragte meine Frau und blickte aus hungrigen Augen auf die Sachertorte, während ich mich auf beide Hände setzte, um nicht schon ein Stück von dem Obstkuchen zu schnappen.

»Verführen!« meinte Tante Lisa geringschätzig. »Mein Arzt hat mir gesagt, daß man von Zeit zu Zeit ruhig über die Stränge schlagen darf. Besonders wenn man Gäste hat, und noch dazu so liebe Freunde, wie ihr es seid.« Später erfuhren wir, daß sie, um über die Stränge schlagen zu können, fast täglich Gäste hatte, und daß ihr jeder, den sie als Ausrede für ihre Schlemmereien benützen konnte, ein lieber Freund war. »Mein Arzt sagt«, setzte Tante Lisa fort, »wenn man nicht ißt, kann man nicht abnehmen.« Das leuchtete uns ein. Zum Teufel mit dem Milch-und-alte-Semmel-Doktor – wir bedienten uns wie nach einer Hungersnot. Ich wählte mir, während ich noch aß, mit den Blikken immer schon das nächste Stück aus.

Schade, daß jedesmal eine von den Damen schneller war als ich.

Plötzlich kam etwas Kleines, Schwarzes aus dem Haus. Was es war, konnte ich im ersten Moment nicht sagen, bis ich bemerkte, daß es sich um einen Hund handelte. Die Rasse war schwer zu definieren. Er begann als Pudel und endete als Dackel.

»Das ist Jolly«, erklärte uns Tante Lisa. »Ich habe ihn mitgebracht. Mein Arzt hat mir gesagt, wenn Sie einen Hund haben, werden Sie mit ihm spazierengehen, werden laufen, werden ihm Bälle oder Äste zum Apportieren werfen – kurz: Sie werden Bewegung haben.« Er hätte das Jolly sagen müssen. Jolly lag den ganzen Tag auf dem Sofa und schlief. »Und das nur, weil er so klug ist«, sagte die Tante, »er weiß

genau, daß ich keine Bewegung haben will.«
»Das mußt du aber«, meinte meine Frau, »und der Hund auch. Sonst wird er so dick wie –«, sie wollte schon sagen wie du, aber ein Tritt mit dem Fuß genügte, und sie sagte »wie ein Faß. Man muß ihn dazu erziehen. Hast du einen Stock im Haus?«
»Freilich«, sagte Tante Lisa und brachte keuchend einen Stock herbei.
Meine Frau nahm den Stock, der Hund blickte neugierig von einem zum andern. Was wird da kommen?
Meine Frau hielt den Stock, ungefähr zehn Zentimeter vom Boden entfernt, mit ausgestrecktem Arm vor sich hin. »So!« sagte sie zu mir, »jetzt spring!« »Ich, warum ich?« »Man muß dem Hund klarmachen, was man von ihm will.« Ehrlich gesagt, ich wollte gar nichts von dem Hund. »Spring!« wiederholte meine Frau, diesmal schon im Befehlston. Also sprang ich über den Stock.
»So! Und jetzt du, Jolly!« Jolly hielt den Kopf schief und begann mit dem Schwanz zu wedeln.
»Es gefällt ihm!« sagte Tante Lisa. »Halt den Stock etwas höher.« Meine Frau hielt den Stock um vieles höher. »Spring!« sagte sie wieder zu mir. Ich sprang, fiel hin und schlug mir beide Knie auf.
»Das ist doch unsinnig!« sagte ich. »Selbst wenn der Hund spränge, würde nur er Bewe-

gung machen und nicht Tante Lisa.« Gottlob sahen die beiden Damen das ein.

»Was bekommt er zu fressen?« erkundigte sich meine Frau.

»Fleisch und Reis«, antwortete Tante Lisa.

»Das ist schlecht«, sagte ich. »Fleisch und Reis machen ihn träge. Ein Hund muß auch Gemüse bekommen.« Ich hätte das *nicht* sagen sollen.

»Hast du Gemüse im Haus?« fragte meine Frau sofort. Tante Lisa brachte eine Schüssel Spinat und gab ein paar Löffel davon in den Hundeteller. Jolly sah den Spinat und stellte sofort das Wedeln ein.

»Komm!« lockte meine Frau mit Sirenenstimme. »Spinatili!« Jolly knurrte.

»Er weiß nicht, was du willst«, sagte meine Tante. Und zu mir gewendet: »Zeig es ihm!« Ich kniete nieder, kroch zu dem Teller und tat, als ob ich von dem Spinat essen würde. Jolly lachte.

»Er sieht doch, daß deine Zunge nicht grün ist«, sagte meine Frau. »Du mußt schon ein bißchen von dem Spinat lecken!« Ich leckte Spinat aus einem Hundeteller – Spinat, den ich im Sacher nicht einmal aus einem echten Porzellanteller mit Silberbesteck essen würde. »Jetzt zeig ihm deine Zunge!« befahl meine Frau. Obwohl ich es für nicht schicklich fand, zeigte ich Jolly meine Zunge. Jolly wedelte.

»Er hat es verstanden!« jubelte die Tante. »Ich habe gesagt, Jolly ist klug!«

»Komm, Jolly, friß schön!« lockte meine Frau. Jolly näherte sich dem Teller, schnupperte und aß das Fleisch und den Reis. Dabei schloß er die Augen, um den Spinat nicht zu sehen.
»Jolly hat keinen Hunger«, stellte meine Frau fest, »sonst würde er auch den Spinat essen. Wir müssen ihn hungrig machen.« Sie nahm einen Zweig und warf ihn weit von sich. Wäre der Zweig ein Speer gewesen, hätte sie den Weltrekord im Speerwerfen aufgestellt. »Such schön!« sagte sie zu Jolly. »Bring's!« Jolly dachte nicht im Traum daran. Erwartungsvoll sah er auf mich, er wußte, jetzt kommt wieder etwas Lustiges. Er hatte sich nicht getäuscht.
»Wie soll denn das arme Tier wissen, was wir von ihm wollen?« sagte Tante Lisa. Und dann wieder zu mir: »Zeig's ihm, bitte!«
Ich lief auf allen vieren zu dem Zweig, nahm ihn in die Schnauze und apportierte ihn. Meine Frau fuhr mir streichelnd über den Kopf und sagte: »Braves Hündchen!« Meine Tante gab mir ein Stück Zucker. Damit hatte ich mir Jolly zum Feind gemacht. Zucker wollte er auch haben. Er knurrte mich an – ich, auf allen Vieren, knurrte zurück. Er biß mich in die Nase.
Tante Lisa lachte. »Du brauchst keine Angst zu haben, Jolly ist gutmütig!« Sah sie das Blut nicht, das mir von der Nase rann? Ich bellte.
Meine Frau stellte sich zwischen uns und beruhigte mich. »Jolly auch Zucker haben!« sagte

sie nichtsdestoweniger in gebrochenem Hundedeutsch zu meinem Gegner. »Jolly schön bitten!« Jolly zwickte sie in den Fuß. »Jolly bös!« sagte sie; dann zu mir: »Schön bitten!« Ich setzte mich auf die Hinterfüße, wartete mit den Vorderfüßen auf, warf den Kopf hin und her und knurrte gutmütig. »Da!« Meine Frau warf mir den Zucker zu. Jolly sah mich verächtlich an. Ehe er sich so weit erniedrigte, verzichtete er lieber auf den Zucker.

»Und jetzt werde ich ihm noch beibringen, wie man bei Fuß geht«, sagte meine Frau. Noch! Als ob sie ihm schon etwas beigebracht hätte. Bis jetzt hatte alles nur ich gelernt. »Du weißt, Tante«, fuhr sie fort, »wenn ein anderer Hund kommt und Jolly ihm nachläuft, findest du ihn nie wieder. Komm, Jolly! Gehen!« Jolly setzte sich hin. »Komm du!« sagte meine Frau zu mir. »Aber schön Fuß! Wir werden Jolly zeigen, wie ein braves Hündchen geht!« Ich ging auf allen Vieren an ihrer Seite. »Sitz!« sagte sie, ich setzte mich hin, sie ging weiter, ich winselte. Sie blieb stehen: »Komm!« Ich lief, so schnell ich konnte. Meine Zunge begann zu schwitzen, meine Lefzen wurden naß. »Brav!« lobte mich meine Frau mit Blick auf Jolly, der uns langsam gefolgt war und das Geschehen beobachtete. Wir standen am Ufer des Kamp, der gerade Hochwasser führte. Meine Frau hob ein Stück Holz vom Boden auf und warf es in den Fluß.

»Spring, Jolly!« sagte sie. »Holzi holen!« Jolly sah sie erstaunt an. So viel Holz lag hier herum, gerade dieses eine Stück sollte er holen? Er legte sich ins Gras und wälzte sich.
Plötzlich schrie meine Frau auf. »Meine Armbanduhr!« rief sie. »Meine Uhr mit den Brillanten! Sie muß ins Wasser gefallen sein, wie ich das Holz hineingeworfen habe! Spring!« wandte sie sich an mich. »Dort schwimmt sie!« Ich sprang. Wären nicht im selben Moment zwei Männer dahergekommen, wäre ich verloren gewesen. Daß ich Nichtschwimmer bin, hatte ich nicht vergessen. Was ich vergessen hatte, war, daß ich kein Hund bin.
Jolly ist noch am Leben und ist, laut Tante Lisa, so klug, daß ihm zum Menschen nur die Sprache fehlt. Könnte Jolly sagen: »Ich bin ein Hund!«, wäre er ein Mensch.

Es ist etwas Herrliches um die Wiener Festwochen. Sie beginnen unter freiem Himmel, meist bei starkem Regen, und sie bieten dem Besucher Vorzügliches. Interessante Theateraufführungen, Tanz und Musik – die Wiener Küche ist schmackhaft und bekömmlich, nur leider – die Restaurants sind

Geschlossen

Wir hatten sie auf einer Mittelmeerkreuzfahrt kennengelernt. Uwe Heinz Karsten und Frau Marianne, beide aus Düsseldorf. Wir aßen miteinander, schwammen miteinander, tanzten miteinander, wurden miteinander seekrank. So etwas bindet. Am letzten Tag reichte mir Karsten die Hand und sagte: »Wenn Sie mal nach Düsseldorf kommen, müssen Sie unsere Gäste sein.« »Und Sie«, entgegnete ich, »wenn Sie nach Wien kommen.« Es gab keinen Schwur, keinen Vertrag, es wurde kein Kalumet geraucht – es wurde hingesagt, einfach hingesagt. Wer denkt schon, daß jemand eine solche Einladung ernst nimmt? Karstens nahmen sie ernst. Wir hatten Festwochen. Meine Frau sagte eben: »Jetzt schließe ich die Fenster, lege mich hin und gehe während des ganzen Festwochenrummels nicht auf die Straße.« Ich wollte mich gerade mit ihr solidarisch erklären, als es an der Tür klingelte. Ich eilte hinaus, rutschte mit dem

Teppich durch das Vorzimmer – unser Vorzimmer ist immer so stark gebohnert –, sah durch das Guckloch und erbleichte. Dann rief ich außer mir: »Ja, ist denn das möglich? Nein, so eine Überraschung!« rutschte zu meiner Frau zurück und stammelte bestürzt: »Etwas Schreckliches ist geschehen! Karstens sind da!« »Karstens? Was für Karstens?« »Karstens aus Düsseldorf! Du weißt, die vom Schiff!«
»Nein!« rief meine Frau mit einem Ausdruck, als ob ich gesagt hätte: die Chinesen sind da!
»Was tun wir?« fragte sie fassungslos.
»Wir müssen sie hereinlassen. Schließlich haben wir sie eingeladen.«
»Nicht *wir* haben sie eingeladen – *du* hast sie eingeladen«, sagte meine Frau und warf mir einen jener Blicke zu, von denen ich immer annehme, daß sie sie direkt aus Solingen bezieht. »Aber ich weiß einen Ausweg. Wir sind nicht zu Hause.«
»Das geht nicht«, sagte ich verzweifelt, »ich habe mit ihnen durch die Tür gesprochen.«
Jetzt begriff meine Frau das Ausweglose der Situation, in der wir uns befanden. Wir standen mit dem Rücken zur Wand, den einzigen Ausgang hatten die Karstens besetzt – es gab keinen Fluchtweg. Meine Frau gab auf. »Okay«, sagte sie, und ich fühlte, daß wieder einmal einer jener Augenblicke gekommen war, in denen sie den Tag verfluchte, an dem sie mich geheiratet

hatte. Sie stellte sich vor den Spiegel und übte sich in freundlichem Lächeln.
Ich rutschte durch das Vorzimmer und öffnete die Tür. Karstens waren nicht allein gekommen. Sie hatten drei Koffer mitgebracht sowie ihre fünfjährige Tochter Gundula, genannt Gundi, von deren lustigen Aussprüchen sie uns oft erzählt hatten. Es war richtiger Kindermund. Zum Kotzen.
»So eine Freude!« rief ich. »Warum haben Sie uns denn nicht wissen lassen, daß Sie kommen?«
»Wollten wir«, sagte Heinz Uwe, »aber erst vom Hotel aus. Wir hatten gebucht, leider klappte es nicht.«
»Das ist aber schade«, bedauerte ich. »Jetzt haben Sie den weiten Weg gemacht, und nun müssen Sie schon wieder nach Hause.« Damit wollte ich die Türe schließen, aber der listige Nibelunge hatte bereits den Fuß dazwischen gestellt.
»Wir fahren nicht nach Hause«, tröstete er mich. »Als wir erfuhren, daß in Wien alle Hotelzimmer vergriffen sind, erinnerten wir uns an Ihre freundliche Einladung, und meine Frau meinte, Sie würden sich sicher freuen, wenn wir 'n paar Tage bei Ihnen zubringen würden.«
Ich hörte einen dumpfen Fall aus dem Nebenzimmer. Meine Frau war ohnmächtig geworden. »Entschuldigen Sie«, rief ich und rutschte

zurück, um ihr beizustehen. Ich wusch sie mit Essig, sie schlug die Augen auf. »Ich hatte einen fürchterlichen Traum«, stöhnte sie. »Ich träumte, Karstens wären gekommen.« »Das war kein Traum«, sagte ich, »sie stehen draußen.« Nun erinnerte sie sich. »Du mußt sie abwimmeln!« beschwor sie mich. »Sag ihnen etwas! Sag, ich habe eine ansteckende Krankheit! Sag, ich habe Mumps!« »Ziegenpeter!« jubelte ich. So heißt Mumps in der Bundesrepublik. Meine Frau war wunderbar. Sie hatte uns wieder einmal gerettet. Ich rutschte durch das Vorzimmer der Türe zu, aber diesmal rutschte ich erleichtert, schadenfroh.
Karstens, die Koffer in Händen, standen noch immer da. Ihre Blicke waren lang nicht mehr so freundlich wie vorhin. Sie schienen zu glauben, daß uns ihr Besuch keine Freude machte.
»Verzeihen Sie«, sagte ich und schlug innerlich Purzelbäume vor Vergnügen, »aber da ist etwas. Meine arme Frau wollte nicht, daß ich es verrate, weil es Sie abhalten könnte, unsere Gastfreundschaft in Anspruch zu nehmen. Aber schließlich haben Sie ein Kind und –«, ich machte eine gekonnte Pause, »meine Frau hat –«, wieder eine Pause, dann, das Gesicht in traurige Falten gelegt: »Ziegenpeter!«
Kein Moser, kein Hörbiger hätte mir diese Szene nachgespielt. Ich wartete auf die Reaktion. Nun werden sie erschrecken, werden sich zu-

rückziehen, aber – im Gegenteil – sie lachten. »Ziegenpeter?« Karsten wieherte vor Vergnügen. »Haben wir eben gehabt! Alle drei! Dagegen sind wir immun! Also unbesorgt – rein zu Ihrer Gattin!« Meine Frau, die alles mitangehört hatte, hatte sich schnell die Klavierdecke um den Hals gewickelt und die Backen aufgeblasen. »'n Tag, gnädige Frau!« rief Karsten. »Das nenn' Sie Ziegenpeter? Da hätten Sie uns sehen sollen! Meine Frau sah aus wie 'n Fußball!« Meine Frau machte noch einen Versuch. »Ich habe Fieber«, hauchte sie mit aufgeblasenen Backen. »Das ist prima«, tröstete uns Frau Karsten. »Wenn Sie erst mal Fieber haben, denn ist es bald vorüber.« Und da meine Frau nicht gleichzeitig sprechen und die Backen aufblasen konnte, fielen die letzteren wieder ein, worauf Frau Karsten bemerkte: »Na sehen Sie, es geht schon wieder zurück.«

»Wir werden Ihnen nicht lange zur Last fallen«, meinte Karsten. »Ihr Herr Gemahl wird uns 'n paar Sehenswürdigkeiten zeigen, wir werden einige Konzerte besuchen und in die Oper gehen – denn fahren wir wieder.«

Ich begann sofort mit den Sehenswürdigkeiten. Ich jagte sie wie die Rennpferde, hopp, durch Schönbrunn und das Belvedere, ich lief mit ihnen, hopp, an Burg, Parlament, Rathaus und Oper vorüber, ich zeigte ihnen, hopp, die beiden Museen. Karstens wollten die römischen Aus-

grabungen sehen. Ich führte sie zu dem nächstgelegenen U-Bahn-Schacht. »Toll!« sagte Karsten bewundernd. »Diese Römer!«
Da wir eben über den Ring liefen, zeigte ich ihnen gleich das Reiterstandbild des Feldmarschalls Radetzky.
»Wer ist das?« fragte Gundi.
»Der Radetzky.«
»Und der Mann, der auf dem Radetzky sitzt?« Die Umstehenden lachten, die Eltern sagten: »Niedlich!« und ich kam mir vor wie ein Idiot. Gundi ist ein süßes Kind, aber – wie viele Süßigkeiten – schwer zu vertragen. Zum Glück wurde sie hungrig.
»Ich weiß ein Restaurant«, sagte ich, »sehr gut und nicht zu teuer.«
»Und wie weit?« erkundigte sich Frau Karsten, die meine Galopptour anscheinend müde gemacht hatte.
»Zehn Minuten.«
»Nun betommt Dundi ihren Daiserschmarren«, dalkte Karsten – und zu mir: »Wir haben ihr schon soviel vom Wiener Kaiserschmarren erzählt.«
»Daiserschmarren!« freute Gundi sich.
»Wann?«
»Sofort.« Ich konnte nicht wissen, daß es unterwegs zwei Absperrungen und eine Umleitung geben würde, was die zehn Minuten auf fünfundzwanzig erhöhte. Aber da lag schon das Re-

staurant. Es lag wirklich da. Man hatte es niedergerissen. Beruhigend war nur eine Tafel: »Wegen Neubau geschlossen. Besuchen Sie das Restaurant ›Wiener Schnitzel‹.«
»Finde ich prima«, meinte Karsten, »daß ein geschlossenes Lokal auf ein geöffnetes hinweist.«
»Wiener Charme«, fand Frau Karsten. »Daiserschmarren!« rief Gundi. »Und wo befindet sich dieses ›Wiener Schnitzel‹?« fragte Karsten.
»In Grinzing. Knapp dreißig Minuten von hier.« Wir nahmen ein Taxi, da ich das erste weggeschickt hatte. Ich hatte natürlich wieder auf die Absperrungen und Umleitungen vergessen, aber in einer Stunde waren wir dort. Frau Karsten erzählte Gundi während der ganzen Fahrt das Märchen vom Kaiserschmarren. »Es war einmal ein Vati Kaiserschmarren, eine Mutti Kaiserschmarren, und ein ganz, ganz kleiner Kaiserschmarren.«
»Dundi möchte keinen dleinen Daiserschmarren!« weinte das aufgeweckte Kind. »Dundi möchte einen dloßen Daiserschmarren!«
»Ja, ja!« sagte die Mutter schnell. Man mußte die liebe Kleine bei guter Laune erhalten, da sie mich bereits einmal, vom Rücksitz aus, mit der Faust auf den Kopf geschlagen hatte.
Wir kamen an. Die geschlossene Tür machte mich unruhig. Richtig, kaum waren wir nähergekommen, lasen wir eine Tafel: »Wegen Ur-

laub geschlossen. Besuchen Sie das Restaurant ›Fetter Karpfen‹.«

»Wo ist *das* nun wieder?« fragte Karsten gereizt. »An der Donau«, stammelte ich kleinlaut.

»Ich finde es unverschämt«, zischte Frau Karsten, »ausländische Gäste so herumzuhetzen!«

»Dafür werden Sie die besten Fische bekommen«, versprach ich. »Dundi mag keine Fische! Dundi mag Daiserschmarren!« brüllte das Blondköpfchen und trat mich gegen das Schienbein, wofür ich ihr in einem unbewachten Augenblick das linke Ohr verdrehte.

»Dundi betommt Daiserschmarren«, dalkte der Vater wieder. Dundi bekam *keinen* Daiserschmarren. Der »Fette Karpfen« *hatte* keinen Kaiserschmarren. Der »Fette Karpfen« hatte aber auch keine Fische, der »Fette Karpfen« hatte nichts – der »Fette Karpfen« hatte geschlossen. Und zwar – wie wir lesen konnten – wegen Neuübernahme. Und weiter: »Besuchen Sie unser Ausweichlokal ›Zur flotten Forelle‹ in Plattendorf.«

»Wo ist Plattendorf?« fragte Karsten, diesmal bereits ziemlich unfreundlich.

»Im Burgenland«, stotterte ich.

Der Taxilenker weigerte sich, uns hinzufahren. Plattendorf liegt an der ungarischen Grenze. Er war Ungarnflüchtling und wollte nichts riskieren. Da wir kein anderes Taxi fanden – während der Festwochen sind alle besetzt –, charterten

wir einen Heuwagen. »Ich möchte wissen, warum wir gerade nach Wien fahren mußten!« fauchte Frau Karsten unterwegs. »Warum mußten wir dlade nach Wien fahren?« wandte Gundi sich an ihren Vater. »Weil ich einmal etwas anderes sehen wollte als die Gesichter meiner Schwiegereltern!« brauste Karsten auf. »Idiot!« sagte Frau Karsten. »Kuh!« sagte Karsten. »Daiserschmarren!« sagte Gundi.
Dann schwiegen sie bis zu unserer Ankunft in Plattendorf.
Die »Flotte Forelle« hatte sonntags Ruhetag, empfahl uns aber das Restaurant »Nockerl« in Salzburg. Wir mieteten einen Traktor, versuchten es dann mit Autostopp und bekamen in Eisenstadt wieder ein Taxi. In Salzburg erfuhren wir, daß das Restaurant »Nockerl« geschlossen, dafür aber das Restaurant »Zum verdorbenen Magen« in Klagenfurt geöffnet sei. Es war spätabends, als wir dort ankamen. Auch der »Verdorbene Magen« hatte geschlossen. Man nannte uns das Restaurant »Zur schlechten Verdauung« in Tirol. Wir fuhren nach Tirol, fanden einen Zettel, daß das Restaurant wegen Konkurses geschlossen habe, daß sich aber das Restaurant »Zur lustigen Gastritis« in Linz freuen würde, uns zu empfangen. Wir fuhren nach Linz – geschlossen – nach Vorarlberg – geschlossen – in die Steiermark – geschlossen. Kreuz und quer durch Österreich. Karsten war

apathisch geworden. Haar und Bart waren gewachsen, und er sah aus wie der Graf von Monte Christo. Frau Karsten blickte abwesend vor sich hin, ich sah mir den Taxilenker an und dachte an Kannibalismus, und nur Gundi hatte noch die Kraft, an das Fenster zu schlagen und »Daiserschmarren!« zu rufen. Unterwegs wurden wir einigemale geknipst. Wie ich später erfuhr, waren die Photos für Amnesty International bestimmt und sollten Aufschluß geben über die Behandlung von BRD-Bürgern in Österreich. Der Taxilenker verließ uns. Er war uns richtig ans Herz gewachsen und wir ihm auch, aber er mußte in zwei Tagen zum Bundesheer einrükken und fürchtete, zu spät zu kommen. Er verabschiedete sich von uns mit Tränen in den Augen. Immerhin hatten wir einen Teil unseres Lebens gemeinsam zurückgelegt.
Karsten raffte sich auf. »Fahren wir mit der Bahn«, schlug er vor. »Dort finden wir einen Speisewagen oder ein Buffet.« Wir schleppten uns zum Bahnhof. Kein Speisewagen, kein Buffet. In allen Stationen Ruhetag. Hier mußte Goethe die Inspiration zu seinem Gedicht »Über allen Gipfeln ist Ruh« gefunden haben.
Der Morgen dämmerte, als wir zu Hause ankamen. Meine Frau meinte: »Wir haben sicher etwas im Kühlschrank.« Wir hatten etwas im Kühlschrank, Eiswürfel. Frau Karsten und Gundi teilten sie sich. Man hatte der Kleinen

eingeredet, daß das ein Kaiserschmarren sei. Karsten knabberte an seinen Schuhsohlen. Ich wurde vor Hunger ohnmächtig.
Am nächsten Morgen führte ich die Familie, reisefertig, mit gepackten Koffern, zum Frühstück. In unserem Haus gibt es ein kleines Kaffeerestaurant. Ich erzählte dem Ober unsere Erlebnisse vom Tag zuvor. Der Ober wunderte sich. »Warum sind Sie nicht zu uns gekommen?« fragte er. »Wir haben immer geöffnet.« Karstens sahen mich an, mit einem Blick, in dem sich Haß und Verachtung mischten. Dann verließen sie mich. Ich bin ihnen nie wieder begegnet.

Meine Frau und ich feierten noch lange das Erlebnis ihrer Abreise, indem wir jeden Tag in einem andern der damals geschlossenen Lokale speisten.
Im »Fetten Karpfen« lernten wir ein nettes, deutsches Ehepaar kennen. Hansens aus München. »Wenn Sie mal nach München kommen«, sagte Hansen, »müssen Sie unsere Gäste sein.«
»Und Sie«, sagte ich, »wenn Sie nach Wien kommen.«

Ein Alibi ist etwas, das man hat, wenn man es nicht braucht – und das man nicht hat, wenn man es bitter nötig hätte.

Das Alibi

Meine Frau hat eine Freundin, und ihre Freundin hat einen Freund. Monika, so heißt sie, ist ein Luxusweibchen. Es ist ein Luxus, sie zu heiraten, weil man sie auch so bekommt. Wolfgang, ihr Mann, ist Manager einer Großfirma, sein Beruf führt ihn in ferne Länder, er bleibt oft monatelang aus, und wenn er zurückkommt, ist er eifersüchtig. Seine Frau könnte in seiner Abwesenheit auf dumme Gedanken gekommen sein. Monika findet diese Gedanken gar nicht so dumm, aber in solchen Tagen ist ein Rendez-vous zwischen ihr und ihrem Freund schwerer zustandezubringen als ein Treffen zwischen Reagan und Andropow. Mit einem Wort: Monika braucht ein Alibi.

Bert, so heißt Monikas Freund, ist Architekt, im Spezialfach Bauzeichner. Sein Verhältnis zu Monika hält er für ganz natürlich. Er weiß von der Geometrie her, daß es in den besten Zirkeln Dreiecke gibt. Er liebt Monika über alles, er ist zärtlich zu ihr, nur in gewissen Zeiten – genau gesagt, wenn ihr Gatte im Land ist – dreht er durch. Er wird eifersüchtig. Er verdächtigt Monika, ihn mit ihrem Mann zu betrügen. Monika muß diesen Verdacht entkräftigen. Sie *muß* mit Bert zusammenkommen – sie braucht ein Alibi. In solchen Notstandstagen ruft sie meine Frau an: »Ich brauche ein Alibi! Du weißt ...« Meine Frau wußte. Sie hatte ihre genauen Anweisungen:

1. Ruft Wolfgang an, hat sie eine knappe und klare Ausrede bei der Hand zu haben.

2. Erscheint Wolfgang persönlich – hier beginnt es bereits schwieriger zu werden –, hat sie ihn mit dem ganzen Zauber ihrer Beredsamkeit hinzuhalten, hat in einem unbewachten Augenblick Monika, von der sie immer weiß, wo sie sich aufhält, anzurufen und sie herbeizuzitieren.

3. Ist Wolfgang überzeugt, daß er nicht nur von seiner, sondern auch von meiner Frau betrogen wird, wird er keinen unbewachten Augenblick eintreten lassen. In diesem Fall hat meine Frau ihn a) mit allem verfügbaren Charme zu umgarnen, und wenn das nichts nützt, ihm b) mit Alkohol zuzusetzen, bis er betrunken ist und einschläft. Wolfgang ist ein harter Bursche, der mit allen Salben geschmiert und durch alle Whiskysorten geschwommen ist. Angenommen, er wird c) *nicht* betrunken, er schläft also *nicht* ein, folgt der Kriegszustand, d. h. die Auflösung aller moralischen Gesetze. Meine Frau hat Vollmacht, ihr ist alles erlaubt – nicht

von mir, aber von Monika. Sie darf rotes Licht machen, darf heiße Musik spielen, darf Wolfgang gestehen, daß sie ihn liebt und daß sie nur Monikas wegen geschwiegen hat. Das hat sie bis 18 Uhr durchzuhalten. Um diese Zeit leuchtet in Berts Schlafzimmer eine rote Glühlampe auf, fünf Sekunden später ertönt eine elektrische Alarmvorrichtung und nach weiteren fünf Sekunden werden Bert und Monika durch einen automatischen Hebel aus dem Bett geworfen. Jetzt weiß Monika, daß etwas los ist. Sie ruft meine Frau an, was dieser Gelegenheit gibt ins Vorzimmer zu gehen. Findet Wolfgang diesen Umstand verdächtig und folgt er ihr, nützt es ihm auch nichts. Meine Frau wird nämlich bloß harmlos ins Telefon sagen: »Brailowitsch? Falsch verbunden!« Ich weiß nicht warum gerade Brailowitsch – vielleicht weiß es Monika. Auf alle Fälle wird sie Minuten später, mit dem unschuldigsten Gesicht und der besten Lüge der Welt, erscheinen.
Gott sei Dank ist bisher noch keiner dieser drei Fälle eingetreten. Ich sage Gott sei Dank, weil ich hundertprozentig gegen solche Sachen bin.
Monika hat also wieder angerufen, daß sie ein Alibi braucht. Meine Frau und ich sitzen beim Mokka, als im Vorzimmer das Telefon läutet.
»Das ist Wolfgang«, sagt meine Frau triumphierend. »Diesmal fühle ich es.«
»Mir scheint, du freust dich darüber?«

»Ja. Ich habe seit Monaten die genialste Ausrede und komme nicht dazu, sie anzubringen.« Teuflisch lachend geht sie ins Vorzimmer. Was ist los mit ihr? Was für eine Ausrede kann sie haben? Da kommt sie bereits zurück – aber wie sieht sie aus? Als wenn Derrick sie eben des Mordes überführt hätte. Blaß, erschrocken, wie vor den Kopf geschlagen.
»Was hast du?« frage ich bestürzt. »War es nicht Wolfgang?«
»Doch!« Sie lehnt sich an die Wand.
»Was wollte er?«
»Er fragte nach Monika.«
»Na und? Du hattest doch so eine geniale Ausrede?«
»Ja«, erwidert sie fast tonlos. »Ich sagte, Monika ist hier – aber sie ist eben mit eurem Hund Gassi gegangen.«
»Das ist doch wirklich genial. Was sagte *er?*«
»Er sagte: ›Mit was für einem Hund? Unser Hund sitzt hier auf meinem Schoß!‹«

Was beweist, daß ein Alibi nur dann einen Zweck hat, wenn es stichhaltig ist.
Übrigens: Wolfgang ließ sich scheiden, und Bert heiratete Monika.
Das gefällt mir. Was mir nicht gefällt ist, daß sie heute zum ersten Mal wieder anrief: »Ich brauche ein Alibi!«

Die Ehe ist eine einmalige Institution. Gäbe es keine Ehe, wäre man gezwungen, mit fremden Leuten zu streiten.

Der atomare Ehekrieg

Ich bin politisch ein Trottel und, was das Kriegführen betrifft, ein Idiot. Das sagte mir gestern Herr Margulies, unser Nachbar, den wir mit seiner Frau zu einem gemütlichen Plausch eingeladen hatten.

Wie es dazu kam? Ich weiß es selbst nicht. Das Gespräch führte von Autos, über Magenoperationen, Tennis und Kanarienvögel zur Politik. Margulies meinte, daß es in Bälde Krieg geben würde. »Und Sie werden sehen«, behauptete er, »dieser Krieg wird keine lange Dauer haben. Eine der Supermächte wird die andere mit Atombomben angreifen, und alles wird vorüber sein.«

»Diese andere wird sich aber doch wehren«, meinte meine Frau.

»Dazu wird sie nicht mehr kommen«, antwortete Margulies.

»Was nottäte, wir kleinen Länder müßten uns zusammenschließen«, warf ich ein. »Wenn dann, beispielsweise, China eine Atombombe über Andorra abwerfen würde, müßte Liechtenstein eine Atombombe über China abwerfen.«

»Liechtenstein hat keine Atombomben.«
»Wird es welche kaufen.«
»Wo soll Liechtenstein Atombomben kaufen?« fragte Margulies gereizt.
»Das weiß ich nicht«, sagte ich. »Bin ich Liechtenstein?«
Das war der Moment, in dem der »politische Trottel« fiel, dem kurz darauf der »kriegführende Idiot« folgte.
Frau Margulies wurde die Sache peinlich, umso mehr, als ihr Gatte sie fragte: »Warum stößt du mich mit dem Fuß?« Sie nahm die Rolle der UNO-Truppen ein und stellte sich zwischen ihn und mich. Margulies blies zum Rückzug. »Ich glaube, es ist Zeit, daß wir gehen«, sagte er. Die UNO-Truppe atmete auf. »Und entschuldigen Sie!« sagte Margulies noch zu mir. Dann waren sie draußen.
»Was sagst du zu dieser Frechheit?« fragte ich meine Frau.
»Du hast aber auch wirklich zu dumm dahergeredet«, sagte sie.
»Ach so?« meinte ich pikiert. »Hätte ich vielleicht – –«
»Reden wir nicht mehr darüber!« unterbrach sie mich kurz. Aber an der Art, wie sie dieses »Reden wir nicht mehr darüber« sagte, ersah ich, daß sie noch viel und noch oft darüber reden würde. Sie hatte sich offensichtlich auf die Seite des Gegners geschlagen. Ich schwieg, um kei-

nen diplomatischen Fehler zu machen, aber ich war überzeugt, daß die Sache am nächsten Morgen wieder zur Sprache kommen und einen Ehekrieg auslösen würde, wie er in den Annalen der Geschichte noch nicht da war.

In dieser Nacht hatte ich einen furchtbaren Traum:

Das Gespräch vom Abend vorher wurde fortgesetzt, und wir gerieten in Streit, ja – was wir noch nie getan hatten – wir bewarfen uns mit Schüsseln und Tellern. Ich hatte eben eine fliegende Untertasse gelandet, meine Frau zog sich in die Küche zurück, ich – den nahen Endsieg vor Augen – stürmte ihr nach, da flog mir eine Büchse mit atomaren Sprengkörpern entgegen, von denen einer auf meiner Nase zündete. Mit einem riesigen Atompilz auf meinem Gesicht taumelte ich ins Badezimmer. Ich fragte mich nur eines: von welcher Atommacht konnte meine Frau die siegbringenden Sprengköpfe erhalten haben? Da hörte ich gedämpfte Stimmen aus dem Wohnzimmer. Meine Frau sprach mit einigen Männern. Sie flüsterten, aber aus ein paar Brocken, die etwas lauter hingeworfen wurden, konnte ich entnehmen, daß die Männer Amerikaner waren. Hurra! Ihr Atomgeheimnis war gelüftet. Im Traum ging ich zur nächsten Telefonzelle und rief Moskau an. Die Russen wußten bereits Bescheid, besser als ich. Auf meine Bitte um moderne Atomwaffen antworteten sie ausweichend, sie müßten die Lage erst prüfen, aber als ich nach Hause kam, stand bereits eine vielköpfige russische Expertenkommission vor der Tür. Meine Frau und die Amerikaner waren fort. Wie ich später erfuhr, hatte sie der russische Geheimdienst aus der Wohnung gelockt. Ich mußte die Kommission von Raum zu Raum führen. Sie besahen sich alles genau, sondierten die verschiedenen Fenster, die Lage der Wohnung etc., maßen gewisse Entfernungen mit Schritten und beklopften die Wände. Dabei warfen sie sich von Zeit zu Zeit bedeutsame Blicke zu. Ich wagte aber nicht zu fragen. Erst als sie in der Küche eine geheimnisvolle Anlage amerikanischer Provenienz entdeckten, wurden sie gesprächiger. Ich bekam die Zusicherung, daß sie in kürzester Zeit die modernsten Atomwaffen liefern und montieren würden, und zwar in meinem Arbeitszimmer und in einem Verschlag, den wir als Rumpelkammer benützten. Wegen der anderen Räume wollten sie es mit meiner Frau und den Amerikanern zu keiner direkten Konfrontation kommen lassen. Für die Kosten der Waffen, die Installierung usw. hatte ich aufzukommen. Die Spezialeinheiten, die für die Bedienung des komplizierten Verteidigungsapparates notwendig seien, würden sie bezahlen. Sollte ich nicht alles auf einmal flüssig haben – sie waren über meine Finanzlage genau informiert –, so wären

sie befugt, mir langfristige Kredite zu gewähren. Nachdem mich jeder einzelne von ihnen auf beide Wangen geküßt hatte, schieden wir als Waffenbrüder.
Etliche Tage später kamen sie mit den modernsten Raketen angerollt. Als die Amerikaner dies bemerkten, ließen sie sich auch nicht spotten. Es kamen Raketen und Antiraketen sowie Anti-Anti-Raketen, die die Antiraketen unwirksam machen sollten. Es wurde von beiden Seiten installiert, jeder Schlag sollte sofort mit einem fürchterlichen Gegenschlag beantwortet werden. Weder meine Frau noch ich würden das jemals bezahlen können. Aber das war den Supermächten nicht wichtig. Einer der Russen nannte mir auch, natürlich unter dem Siegel der Verschwiegenheit, den Grund hierfür: mein Arbeitszimmer, so verriet er mir, hätte eine äußerst günstige strategische Lage. Von da aus könne man das gesamte Mittelmeer mit Raketen bestreichen, während man von der Rumpelkammer aus die ganze chinesische Kriegsflotte außer Gefecht setzen könne.
Jahre vergingen, immer noch baute man gegenseitig neue Raketenbasen dazu, da erschienen eines Abends hohe amerikanische und sowjetrussische Diplomaten bei uns. Sie teilten uns mit, daß das Gleichgewicht in unserer Wohnung endlich hergestellt und der Friede damit gesichert sei. Wir sollten nun darangehen,

fruchtbare Annäherungsgespräche zu führen, ja die Supermächte würden es sogar begrüßen, wenn wir einen Kurs der Aufweichung und Aussöhnung einschlagen würden, denn die stets steigenden Kosten des Wettrüstens hätten auch schon ihre gewiß großen Möglichkeiten überschritten.

Und so kam es denn auch. Meine Frau und ich sprachen von Annäherung, die Supermächte reagierten dankbar. Je nach der Streitlage wurden mehr oder weniger Experten aus unserem Heim abgezogen. Wir wurden bereits bei Abrüstungskonferenzen auf die Tagesordnung gesetzt und kamen auch bei den SALT-Gesprächen zur Sprache. Diese Dinge brachten es aber mit sich, daß meine Frau und ich, wenn wir eine Meinungsverschiedenheit hatten, ganz gewöhnlich wie jedes normale Ehepaar, miteinander stritten, wenn auch unter Kontrolle der Supermächte. Eines Abends aber söhnten wir uns endgültig aus. Wir nahmen eine andere Wohnung und kümmerten uns nicht mehr um den atomaren Frieden, den die Supermächte uns aufzwingen wollten. Diese wieder kümmerten sich nicht mehr um uns. Sie rüsteten in unserer alten Wohnung ruhig weiter, und wenn sie nicht gestorben sind, rüsten sie noch immer.

Als ich aus meinem Traum erwachte, suchte ich im ersten Moment nach den Raketenbasen – sie waren fort. Meine Frau brachte uns das Früh-

stück, und als sie mich mit einem freundlichen »Guten Morgen!« begrüßte, wußte ich, der Krieg war zu Ende.
Nach dem Frühstück las ich in der Zeitung, Zeile für Zeile, meinen Traum. Nur statt »meine Frau und ich« hatte die Nachrichtenagentur die Namen zweier Kleinstaaten eingesetzt.

Die Zeit, wie lange eine Frau ein ihr anvertrautes Geheimnis bewahren kann, ist gleich der Entfernung von ihr bis zum nächsten Telefon.

Meine Frau bewahrt ein Geheimnis

Es ist ein Irrtum zu behaupten, daß Frauen kein Geheimnis bewahren können. Mein Freund Kahn z. B. weiß bis heute nicht, wie alt seine Frau ist. Dabei sind sie seit zwanzig Jahren miteinander verheiratet und haben drei Kinder. Wenn man ihr glauben darf, ist sie so jung, daß ihr ältester Sohn zwei Jahre alt war, als sie zur Welt kam. Anders meine Frau. Sie macht kein Hehl aus ihrem Alter. Sie sagt jedem, daß sie 39 wird – sie sagt nur nicht wann. Und daß sie Geheimnisse bei sich behalten kann – das ist bekannt.

Die folgende Geschichte besteht aus einem Gespräch zwischen meiner Frau und mir. Da ich Ihnen, lieber Leser, und Ihnen, geneigte Leserin, das oftmalige »sagte sie« und »sagte ich« ersparen will, habe ich es in Dialogform wie ein Theaterstück geschrieben. Wie Goethe und Schiller geschrieben haben, wie Bauer und Handke schreiben. Bauer und Handke kennen Sie, Goethe war der, der den »Faust« geschrieben hat, Schiller war der andere. Schiller war der von dem »Lied von der Glocke«. Dies zum besseren Verständnis. Es ist acht Uhr abends.

Ich: (komme nach Hause)
Guten Abend, Schatz!
Sie: Guten Abend.
Ich: Was hast du?
Sie: Was habe ich?
Ich: Du bist so sonderbar.
Sie: Möglich. Ich war in Gedanken versunken.
Ich: Du? Warum?
Sie: Kitty war hier. Sie hat mir etwas anvertraut.
Ich: Was?
Sie: Das darf ich nicht weitersagen. Sie hat mich ausdrücklich darum gebeten.
Ich: Verzeih, das wußte ich nicht.
Sie: Was wußtest du nicht?
Ich: Daß Kitty dir etwas anvertraut hat, was du nicht weitersagen darfst. Ich hätte sonst nicht danach gefragt.
(Ich nehme die Zeitung. Das hat sie nicht erwartet.)
Sie: (beeilt sich)
Es ist gar nicht so interesseant.
Ich: Um so besser.
Sie: Warum?
Ich: Weil du es leichter für dich behalten kannst, wenn es nicht so interessant ist.
Sie: Ich habe nicht gesagt, daß es nicht interes-

sant ist – ich habe gesagt, daß es *gar* nicht so interessant ist.

Ich: Für mich wäre es nicht einmal interessant, wenn es interessant wäre, weil mich Kittys Geheimnisse nicht interessieren.

Sie: (pikiert)
Plötzlich. Ich erinnere mich an eine Zeit, in der du jeden Tag nach ihr gefragt hast.

Ich: Aber nicht nach ihren Geheimnissen. (Ich blättere um) Hast du gelesen? Der König von Spanien kommt auf Staatsbesuch.

Sie: Das interessiert dich, aber die Geheimnisse meiner besten Freundin sind dir schnuppe.

Ich: Sie sind mir nicht schnuppe. Du hast mir erzählt, daß dir Kitty ein Geheimnis anvertraut hat, mit der Bitte, es nicht weiterzusagen. Das wollte ich dir erleichtern.

Sie: Inwiefern?

Ich: Insofern, als ich dich nicht danach gefragt habe.

Sie: Und du glaubst, ich hätte es dir verraten, wenn du mich danach gefragt hättest?

Ich: Vielleicht.

Sie: Da bist du aber sehr im Irrtum. Ich kann ein Geheimnis, das man mir anvertraut, mit ins Grab nehmen.

Ich: Das weiß ich.

Sie: (überlegt)
Ich *muß* es natürlich nicht mit ins Grab nehmen. Möglicherweise hat Kitty gar nicht an

dich gedacht, als sie sagte, daß ich es nicht weitersagen soll.

Ich: Möglicherweise.

Sie: Schließlich kannst du doch schweigen.

Ich: Das kann ich. Trotzdem möchte ich Kittys Geheimnis nicht wissen. Das Risiko ist mir zu groß. Ich könnte mich versprechen, ich könnte es ausplaudern, auf einmal weiß es Robinson, Wimmer, Mario …

Sie: (erschrickt)
Um Gotteswillen! Nur Mario nicht! Versprich mir, daß du es ihm nicht sagst!

Ich: Ich *weiß* es doch gar nicht! (Ich lese weiter) Die Königin wird ihn begleiten.

Sie: Wen?

Ich: Den König von Spanien.

Sie: (gereizt)
Hör mir mit dem König von Spanien auf! Du siehst, daß ich mich in einem Dilemma befinde! (Sie überlegt)
Das heißt – wenn du darauf bestehst, könnte ich es dir ja sagen.

Ich: (ebenfalls gereizt)
Ich bestehe nicht darauf – ich will mich damit gar nicht belasten.

Sie: Durch Mario hat sie ihn nämlich kennengelernt.

Ich: Wen?

Sie: Holzmann.

Ich: (horche auf)

Holzmann? Was ist mit Holzmann? Haben die beiden vielleicht miteinander –?

Sie: Nichts haben sie. Holzmann ist heute abend nach Hause gekommen. (Wütend) Man kann dir nichts verschweigen!

Ich: Na hörst du! Daß Holzmann heute abend nach Hause gekommen ist – das kann doch nicht so ein Geheimnis sein.

Sie: Er ist ja auch nicht gewöhnlich nach Hause gekommen.

Ich: Wie denn?

Sie: Unvermutet.

Ich: (beginne, mich zu interessieren)
Und?

Sie: Mehr sage ich nicht.

Ich: Jetzt, wo du einmal damit begonnen hast, kannst du doch weitererzählen.

Sie: Ich habe Kitty mein Wort gegeben.

Ich: (heftig)
Kitty! Immer wieder Kitty! Wen hast du geheiratet? Kitty oder mich? Also? Was darfst du nicht sagen?

Sie: Du bist ekelhaft neugierig.

Ich: Ich bin nicht neugierig, aber ich begreife dich nicht; zuerst versuchst du mir ein Geheimnis aufzudrängen, von dem ich nichts wissen will, und jetzt, wo es anfängt, mich zu interessieren, jetzt schweigst du.

Sie: (unglücklich)
Ich habe es Kitty versprochen.

Ich: Okay, dann laß mich lesen! (Ich lese) Das spanische Königspaar wird auch Bonn besuchen.

Sie: (schreit)
Du machst mich wahnsinnig mit deinem langweiligen spanischen Königspaar!

Ich: (schreie ebenfalls)
Und du machst mich wahnsinnig mit deinem lächerlichen Geheimnis!

Sie: Mein Geheimnis ist nicht lächerlich!

Ich: Und mein spanisches Königspaar ist nicht langweilig! Im Gegenteil! Das ist sogar sehr lustig! Was *denn* ist dein Geheimnis, wenn nicht lächerlich? Du sagst, Holzmann ist unvermutet nach Hause gekommen. Schön. Was kann schon passiert sein? Er hat Alice, sein treues Ehegemahl, nicht vorgefunden.

Sie: Wenn es nur *das* wäre ...

Ich: Er *hat* sie also vorgefunden, und zwar mit einem andern. Und wo? Im Bett.

Sie: (fährt auf)
Woher weißt du das?

Ich: Ich weiß es nicht, ich folgere Schluß. Die drei stehen also einander gegenüber –, das heißt, die zwei liegen, nur Holzmann steht ihnen gegenüber – er gibt seinem Rivalen eine Ohrfeige, es entsteht eine Schlägerei – –

Sie: Das ist eben nicht sicher. Kitty hat bloß den Schuß gehört.

Ich: (starr) Schuß?!?

Sie: Schüsse.
Ich: Zwei?!?
Sie: Drei. Holzmann hat zuerst Alice erschossen, dann ihren Freund und dann sich selbst.
Ich: Entsetzlich! Und das willst du als Geheimnis bewahren? Das steht doch morgen in allen Zeitungen.
Sie: Morgen. Eben. Heute wußten es nur die Polizei, Kitty und ich. Nicht einmal in den Abendnachrichten war es. Morgen hätte ich sagen können: ›*Ich* habe es schon gestern gewußt!‹ Vera, Mela – alle hätten mich darum beneidet. Auch du! Ja – auch du! Aber vor dir darf man ja nichts geheimhalten! Du hast mir so lange zugesetzt, hast gefragt und gefragt – bis ich dir alles erzählt habe! Du Schuft! (Sie verläßt tiefbeleidigt das Zimmer)
(Ich bleibe zurück. Die Sache geht mir näher als ich gedacht hätte. Nicht nur, daß Holzmann und Alice zu unseren Freunden zählten – es gab da noch etwas. Wäre Holzmann *gestern* unvermutet nach Hause gekommen, hätte er *mich* bei Alice gefunden!)

Meine Frau erzählt Geheimnisse nicht gern weiter – aber was soll sie damit anfangen?

Viele Jahre scheute ich mich, den Wiener Opernball zu besuchen. Ich wollte nicht oben ohne gehen. Ich meine, ohne Orden auf dem Frack. Doch eines Tages konnte auch ich sagen:

Ich bekomme eine Auszeichnung

Dr. Wronsky rief mich an und gratulierte. Gleich darauf gratulierten Dr. Robinson, Joschi und Pfandl, Fellner und Strelitzer, Schmiedl und Pelikan. Sie alle hatten es in der Zeitung gelesen: Der Bundespräsident hat mir eine Auszeichnung verliehen, die mir am kommenden Freitag überreicht werden sollte.

»Na, so was!« rief ich erstaunt. »Davon weiß ich ja gar nichts! Das ist aber eine freudige Nachricht!«

Natürlich wußte ich es schon längst. Um eine Auszeichnung zu bekommen, braucht man eine Institution (bei mir war es ein österreichischer Schriftstellerverband), die bei dem zuständigen Ministerium (bei mir war es das Ministerium für Unterricht) einen diesbezüglichen Antrag zu stellen hat. Diesem Antrag muß ein genauer Lebenslauf beigelegt werden, den man persönlich zu schreiben pflegt, also muß man es wissen. Und selbst wenn ein anderer den Lebenslauf schriebe, wüßte man es, weil sich das Ministerium schriftlich erkundigt, ob man überhaupt gewillt ist, die Auszeichnung anzunehmen. Ich wußte es also. Trotzdem tat ich bei jedem Anruf überrascht und sagte sogar, als mir mein Schwager mitteilte, daß er sich den Fuß gebrochen habe: »Na, so etwas! Davon weiß ich ja gar nichts! Das ist aber eine freudige Nachricht!«

Natürlich werde ich bei der Überreichung der Auszeichnung eine Rede halten. Nicht, daß ich nicht frei sprechen könnte – ich habe schon bei mancher Premierenfeier so geschickt gesprochen, daß die Anwesenden überzeugt waren, daß mein Stück ein Erfolg gewesen war –, aber diesmal war es etwas anderes. Diesmal wird ein Minister anwesend sein, vielleicht sogar mehrere Minister, möglicherweise der Bundespräsident himself – da ist es schon besser, wenn man sich eine Rede schreibt und sich diese dann spontan einfallen läßt. Meine Frau war derselben Ansicht. Also setzte ich mich hin und schrieb: »Sehr verehrter Herr Minister! Verehrte Festgäste! Diese Krönung meiner bescheidenen Arbeit beschämt mich. Der feierliche Anlaß, der uns zusammenführt, erfüllt mein Herz mit stolzer Freude usw. usw.« Nun habe ich seit meiner Schulzeit nichts mehr auswendig gelernt, und vergessen, wie schwierig das ist. Ich lernte eine, zwei, drei Stunden, bis ich meine Frau bat, mich abzuhören. Ich begann: »Sehr verehrter Herr Minister! Verehrte Festgäste!

Diese bescheidene Krönung meiner Arbeit beschämt mich.«
»Umgekehrt«, sagte meine Frau.
»Wieso?«
»Weil es heißt: ›Diese Krönung meiner bescheidenen Arbeit beschämt mich.‹ Du kannst nicht sagen: ›Diese bescheidene Krönung.‹«
»Natürlich nicht.«
»Also.«
»Sehr verehrter Herr Minister!« begann ich wieder. »Verehrte Festgäste! Diese beschämende Krönung meiner Arbeit –«
»Falsch!« unterbrach mich meine Frau gereizt. »Es ist keine beschämende Krönung, es ist eine Krönung deiner bescheidenen Arbeit, die dich beschämt.«
»Natürlich.«
»Also.« Sie beruhigte sich wieder.
Ich begann von neuem: »Sehr verehrter Herr Minister! Verehrte Festgäste! Diese Krönung meiner bescheidenen Arbeit beschämt mich.«
»Gut. Weiter!«
»Der feierliche – was?«
»Was was?«
»Mir fällt das Wort nicht ein. Der feierliche –?«
»Anlaß.«
»Stimmt. Der feierliche Anlaß, der uns heute zusammenführt, erfüllt – was?«
»Was was?«
»Was erfüllt er?«

»Dein Herz.«
»Und womit?«
»Mit stolzer Freude.«
»Richtig.«
»Vom Anfang.«
»Gut. Sehr verehrter Herr Minister! Verehrte Festgäste! Diese Krönung meiner beschämenden Arbeit –«
»Falsch!« schrie meine Frau. Ich kannte diesen Ton. Er gleicht dem Donner, der ein Gewitter ankündigt. »Merk dir doch: Krönung – bescheidene Arbeit – beschämt mich! Sag es dir vor! Ein paarmal hintereinander!«
»Krönung – bescheidene Arbeit – beschämt mich«, begann ich unglücklich. »Krönung – bescheidene Arbeit – beschämt mich.«
»Noch einmal!«
»Krönung – bescheidene Arbeit – beschämt mich. Krönung – beschämende Arbeit –«
»Bescheidene Arbeit!« Meine Frau, das unberechenbare Wesen, rang die Hände. »Vom Anfang!«
»Verehrter Herr Minister! Verehrte Gästfeste!«
»Festgäste! Himmelherrgottnocheinmal!« Sie begann zu weinen. Auch ich hatte Tränen in den Augen. »Ich kann nicht!« sagte ich. »Ich muß es überschlafen.«
Ich überschlief es. Eine, zwei, drei Nächte. Umsonst. Ich konnte mich auf alles konzentrieren,

nur nicht auf meine Rede. Ich holte mir Rat bei einem mir bekannten Schauspieler, der den Faust gespielt hatte – beide Teile an einem Abend –, ohne steckenzubleiben.
»Ich habe einen Trick«, gestand er. »Ich spreche die Rolle auf Tonband, lasse das Band die Nacht über laufen – Resultat? Ich lerne im Schlaf.«
Einleuchtend. Ich kaufte mir einen Kassettenrecorder, sprach die Rede auf Tonband, ließ das Band die Nacht über laufen – Resultat? Ich machte kein Auge zu. Müde schleppte ich mich dahin. Mein Gesicht hatte eine Farbe, die meine Frau bewog, mich zu ihrer Schneiderin mitzunehmen, da sie schon lange ein Kleid in einem so zarten Grün haben wollte.
Ich beschloß, mich härter zu behandeln. Jeder Schulbub, sagte ich mir, kann seine Aufgabe auswendig lernen, und du wirst nicht einmal mit einer dummen Rede fertig, die du noch dazu selbst geschrieben hast? Ich versuchte es wieder und wieder – und plötzlich war es soweit. Ich konnte die Rede auswendig, Wort für Wort, Silbe für Silbe. Meine Frau prüfte mich – es ging fehlerlos. Noch fehlten drei Tage bis zur Überreichung der Auszeichnung, also Zeit genug.
Meine Frau hörte mich täglich viermal ab. Einmal nach dem Frühstück, einmal nach dem Mittagessen, einmal nach dem Abendessen und einmal mitten in der Nacht. Sie weckte mich,

nur um zu sehen, ob ich die Rede, wie man sagt, auch im Schlaf könne. Ich konnte sie.
Der einst so gefürchtete Tag kam heran. Ich ging ins Badezimmer, um mich zu rasieren. Ich nahm meine Rede durch, wie ich sie in den letzten Tagen immer wieder durchgenommen hatte. Auf der Straße, im Kaffeehaus, im Taxi. Auf der Straße wäre ich bald in ein Auto gelaufen, im Kaffeehaus schüttete ich Salz in den Kaffee, und im Taxi sagte ich zu dem Chauffeur: »Sehr verehrter Herr Minister!« Am letzten Abend waren meine Frau und ich in der Oper. Man gab »Die Fledermaus«, und ich sang mit dem Darsteller des Orlofsky zweistimmig. Während *er* sang: »'s ist mal bei mir so Sitte – chacun à son goût«, sang *ich* – natürlich nur im Geist: »Verehrter Herr Minister! Verehrte Festgästé!« Ich mußte das letzte e betonen – verehrte Festgästé –, aber ich war meiner Sache so sicher, daß mich nicht einmal das aus der Fassung bringen konnte. Ich sang meine Rede fehlerlos zu Ende.
Nun also stand ich, kaltblütig wie Roger Moore als 007, vor dem Rasierspiegel und begann: »Sehr verkehrter Herr Minister!« Ich stutzte. Was war das? Hatte ich »sehr verkehrter« gesagt? Unmöglich. Ich versuchte es noch einmal: »Sehr verkehrter Herr Minister!« Da war es wieder. Wütend stampfte ich mit dem Fuß auf den Boden und schnitt mich mit der Rasierklin-

ge in die Wange. Das Blut floß. Egal. »Sehr verkehrter Herr Minister!« Wieder! Das sind die Nerven. Aber weiter! Wenn ich erst das andere kann, werde ich auch den Anfang wieder können. »Verehrte Freßgäste!« Falsch! Aber weiter! »Diese gekrönte Beschämung meiner feierlichen Arbeit erfüllt den Stolz, der mein Herz zusammenführt ...« Aus. Es war weg. Ich stürzte aus dem Badezimmer und schrie: »Ich habe sie vergessen!«

»Wen?« fragte meine Frau.

»Die Rede!« stöhnte ich.

»Sei kein Kind!« sagte meine Frau. »Du bist nervös. Ich weiß, daß du sie im Schlaf kannst. Fang an.«

Ich nahm meine ganzen Kräfte zusammen. »Verhehrender Herr Minister!«

»Falsch!«

»Vermießter Heeresverehrer!«

»Falsch!!«

»Verehrte Gastarbeiter!«

»Falsch!!!«

»Meine feierliche Beschämung, die ... es geht nicht!«

Ich schluchzte wie ein Autor, der soeben erfahren hat, daß das Buch eines Kollegen unter Nr. 1 auf der Bestsellerliste steht. »Es geht nicht!« jammerte ich. »Ich lehne die Auszeichnung ab!«

»Das kannst du nicht!« sagte meine Frau

streng. »Ich werde dir einen Ausweg sagen: Du setzt dich zum Schreibtisch, nimmst einen Bogen Papier, tippst die Rede herunter und liest sie einfach ab. Die Leute werden dich zwar für ein Schaf halten, aber besser das, als steckenzubleiben.« Ich dankte ihr. Sie hatte mir, wie schon so oft, aus der Not geholfen. Ich setzte mich hin und tippte.

Zwei Stunden später saßen wir im Audienzsaal des Bundesministeriums für Unterricht. Außer mir warteten noch zwei Herren auf eine Auszeichnung. Beide waren aufgeregt. Ich nicht. Warum sollte ich auch? Ich hatte meine wunderbare Rede in der Tasche.

Der Minister wandte sich zuerst an die beiden andern. Sie bekamen ihre Auszeichnungen und stotterten ihren Dank herunter, daß ich mich für sie schämte. Ich freute mich schon auf die Überlegenheit, mit der *ich* dem Minister antworten werde. Ich brauchte ja nur zu lesen.

Der Minister kam zu mir. Er sprach ein paar herzliche Worte, überreichte mir den Orden, und nun kam ich dran: »Sehr verehrter Herr Minister! Verehrte Festgäste!« Nonchalant griff ich in die rechte Brusttasche meines Smokings, während ich weitersprach: »Diese Krönung meiner bescheidenen Arbeit beschämt mich.« Plötzlich überkam es mich. Ich sah mein kleines Arbeitszimmer vor mir, die Bibliothek, das Klavier und den Schreibtisch. Auf einem dieser Möbelstücke hatte ich die verdammte Rede liegenlassen.

Man sagt, Elefanten und Ehefrauen haben das beste Gedächtnis. Daß ich keines von beiden bin, kann man mir nicht zum Vorwurf machen.

Der Frühling war einmal die Jahreszeit, in der man in den Wald wanderte, um sich die ersten Blumen zu holen. Heute fliegt man nach Thailand und holt sich die zweite Gelbsucht. Aber nicht alle Menschen machen diese Mode mit. Meine Frau und ich z. B. – wir machen noch Ausflüge, wir ziehen noch ins Grüne – ja, wir machen noch

Picknicks im Wald

Es war ein herrlicher Frühlingsmorgen. Die Sonne schien vom Himmel, als ob sie dafür bezahlt bekäme.

»Weißt du schon, was wir heute machen werden?« fragte meine Frau.

»Nein«, antwortete ich nichtsahnend.

»Erinnerst du dich nicht mehr, was wir machten, bevor wir verheiratet waren?«

Natürlich erinnerte ich mich daran, aber heute? An einem so schönen Tag und nach so vielen Jahren?

»Wir gingen in den Wald«, setzte sie fort, »und machten ein Picknick.«

»Ach, *das* meinst du –?«

»Was denn hast du gedacht?«

»Nichts.«

Sie wurde schwärmerisch. »Ich weiß es noch ganz genau«, sagte sie. »Ich nahm ein Körbchen mit, mit Salamibrötchen, Schinkenbrötchen, verschiedenen Salaten ...«

»Ja. Und dann hatten wir Salamibrötchen mit Ameisen, Schinkenbrötchen mit Ameisen, verschiedene Salate mit Ameisen ...«

»Das kann heute nicht mehr passieren. Da – schau her!« Sie brachte einen Korb aus der Küche. »Ich habe bereits alles gepackt. Heute nimmt man Konserven. Man belegt immer nur *ein* Brötchen, und ehe die Ameisen kommen, sind die Büchsen wieder zu. Hier: Sardinen, Dosenfleisch, Schinken in Dosen, Brot in Dosen, Wurst in Dosen, Butter in Dosen, Kompott in Dosen, Bier in Dosen ...«

»Bier in Dosen? Damit kannst du mich jagen.«

»Warum? Du öffnest die Dose mit den Fingern –«

»Ja – und habe schon zweimal die Finger mit der Dose geöffnet.«

»Ich glaube, du hast keine Lust in den Wald zu gehen«, meinte meine Frau etwas gereizt. »Willst du wieder lieber in dem finsteren, rauchigen, stickigen Kaffeehaus sitzen?«

»Nein, nein!« beeilte ich mich zu versichern. »Ich freue mich schon auf das Picknick.« Meine Frau nahm noch ein Tischtuch, Eßbesteck, ein paar Teller und Gläser und ab ging es. Eine Stunde später betraten wir den herrlichen Nadelwald, in dem wir uns noch einmal an unsere Jugend erinnern wollten – glücklich, selig und voller Erwartungen.

»Hier hat sich nichts verändert!« sagte meine

Frau und atmete den Duft von Tannen, Fichten und Föhren ein.
»Dieses Grün, diese Luft!«
»Diese Zecken!« setzte ich fort. »Mir ist soeben eine auf den Kopf gefallen.«
»Die gibt es nur hier, später gibt es keine Zecken mehr.«
Ich weiß nicht, woher meine Frau diese Weisheit hatte, aber ich glaubte ihr. Ich *wollte* ihr glauben, sonst wäre ich nicht weitergegangen. Es gibt nichts, was ich so fürchte wie Zecken. Andererseits bin ich nicht geimpft, weil es nichts gibt, was ich so fürchte wie die Impfung gegen Zecken.
»Dort ist er!« rief meine Frau plötzlich.
»Wer?« fragte ich.
»Der Baum, in den du damals ein Herz mit unserem Monogramm eingeschnitzt hast!«
»Du hast ein Gedächtnis!« sagte ich bewundernd.
»Es waren vier Bäume im Quadrat und ein fünfter in der Mitte. Der fünfte ist es.« Wir gingen näher – kein Herz, kein Monogramm. »*Dort* ist er!« rief sie. »Jetzt erinnere ich mich. Es waren *drei* Bäume und, etwas abseits, ein vierter!« Wir gingen hin – wieder nichts. »Aber dort! Jetzt täusche ich mich nicht! Es waren *zwei* Bäume, und der linke ist der richtige!« Diesmal hatte sie recht. Wir sahen ein Herz und ein Monogramm. Aber nicht nur eines, sondern minde-

stens dreißig. A. D., W. L., B. H., W. C. usw. Unseres war nicht darunter. »*Dort* ist er!« rief sie. »Jetzt erkenne ich ihn! Es war ein alleinstehender Baum! Ein Single! Du sagtest noch, nehmen wir diesen, damit wir ihn immer gleich wieder finden!«

Jetzt erinnerte ich mich auch. Da war es: ein Herz und drinnen C. H. Wir sahen uns gerührt an.

»Weißt du noch?« fragte sie, und es schien mir, als ob sie keinen Tag älter geworden wäre.

»Natürlich, mein Engel«, entgegnete ich. »Ich schnitt das Herz in die Rinde, sah dir dabei in die Augen und schnitt mich in den Finger.«

»Und ich mußte lachen«, kicherte sie.

»Was ich gar nicht nett von dir fand«, sagte ich, froh, es endlich einmal anbringen zu können. »Über einen blutenden Finger zu lachen ist brutal.«

»Du warst also der Meinung, daß ich brutal bin?« fragte sie gereizt.

»Ja.«

»Warum hast du mir das nicht gesagt?«

»Weil ich die Stimmung nicht stören wollte, so wie ich sie heute nicht stören will. Das ist so viele Jahre her ...«

»Sag doch gleich, daß ich dir zu alt bin.«

»Du bist mir nicht zu alt, ich bin doch viel älter – aber du mußt doch zugeben, daß es nicht gestern war.«

»Das war es nicht«, sagte sie – wenn auch ungern – versöhnt. »Setzen wir uns unter den Baum – wie damals?«

»Setzen wir uns.« Wir setzten uns unter den Baum, meine Frau breitete das Tischtuch aus und begann zu decken. Gläser, Teller und Besteck. Im selben Moment kamen zwei Bienen, die anscheinend mit uns speisen wollten. »Geht weg!« rief ich und versuchte, sie mit der Hand zu verscheuchen. Meine Frau lachte.

»Erinnerst du dich?« fragte sie. »Damals kamen auch zwei Bienen und du solltest sie verscheuchen, drauf hat dich die eine in den Fuß gestochen.«

»Auch darüber lachst du noch heute«, sagte ich pikiert.

»Doch nicht über den Bienenstich. Ich lache, weil du dabei die Flasche mit dem Salatöl umgeworfen hast.« Sie konnte vor Lachen nicht sprechen.

Jetzt ärgerte ich mich wirklich. »Und weil ich mir einen Salatfleck in die weiße Hose gemacht habe«, sagte ich.

»Sehr, sehr komisch!«

»Gar nicht komisch. Ich mußte bloß lachen, weil du mir knapp vorher erzähltest, daß die Hose neu ist. Du mußt auch zugeben, daß ich dir einen guten Rat gegeben habe. Ich habe dir gesagt, du sollst die Hose zu – ich glaube Schostal hieß der Mann – in die Feinputzerei geben.«

»Das war ein sehr guter Rat«, höhnte ich. »Weißt du, wie man einen Ölfleck aus einer weißen Hose herausbringt?«
»Nein.«
»Der Schostal hat es auch nicht gewußt. Er hat behauptet, mit Kleesalz.«
»Na also.«
»Darauf hatte ich einen Kleesalzfleck in der Hose.«
»Das wußte ich ja gar nicht ...«
»Weißt du, wie man einen Kleesalzfleck aus einer weißen Hose herausbringt?«
»Nein ...«
»Der Schostal hat behauptet, mit konzentrierter Schwefelsäure.«
»Und dann?«
»Dann war ein Loch in der Hose.«
»Und dann?«
»Dann habe ich sie in die Kunststopferei gegeben.«
»Und dann?«
»Dann haben sie sie dort so kunstvoll gestopft, daß man es schon von weitem sehen konnte.«
»Und dann?«
»Dann wollte ich sie einem Bettler schenken, der hat sie aber nicht genommen, weil er gesagt hat, daß er mit einer weißen Hose nicht betteln gehen kann.«
»Warum hast du mir das alles nicht gesagt?«
»Weil ich dich damit nicht beschweren wollte.«

»Weißt du nicht, daß wir uns geschworen hatten, alles miteinander zu tragen?«
»Ich wußte nicht, daß sich das auch auf eine weiße Hose bezieht.«
»Du hast es mir nicht gesagt, weil du kein Vertrauen zu mir hattest!«
»Ich hatte Vertrauen zu dir, aber das war doch nicht so wichtig.«
»Wenn man eine Ehe eingehen will, ist alles wichtig. Was geschah mit der Hose?« fragte sie ernst.
»Meine Mutter hat Putzlappen draus gemacht. Aber fangen wir endlich zu essen an. Wir haben nicht gefrühstückt – ich sterbe vor Hunger.«
»Du hast recht.« Sie war wieder gut. »Womit willst du beginnen? Schinken, Wurst, Sardinen?«
»Schinken«, sagte ich.
»Schinken«, wiederholte sie und suchte nach der Dose.
Inzwischen kamen die beiden Bienen zurück und brachten zwei Gäste mit.
»Luder!« schrie ich plötzlich.
»Was?!« Meine Frau sah entsetzt auf.
»Nicht du! Die Biene hat sich auf meinen Fuß gesetzt!«
Klatsch!
Meine Frau fuhr empört auf. »Was fällt dir ein, mir eine Ohrfeige zu geben?«

»Das war keine Ohrfeige«, weinte ich. »Eine Gelse war auf deiner Wange! Und dort kommen schon wieder die Ameisen von damals! Hast du keinen Insektenspray mit, damit wir die Bestien vertreiben können?«
»Natürlich habe ich einen!« Sie suchte in ihrem Korb, nahm eine Spraydose heraus, sprayte eine Flüssigkeit in die Luft, Bienen und Gelsen zogen sich grollend zurück – die Ameisen nahmen eine abwartende Stellung ein.
»Jetzt schnell!« sagte ich.
»Sofort.« Sie packte die Dosen aus. »Da sind auch mixed pickles, falls du welche willst – und da verschiedene Knabbersachen –«
»Du hast wirklich an alles gedacht«, lobte ich sie.
(»Wirklich«, knurrte mein Magen beistimmend, »nur beeilen sollte sie sich!«)
»Ich denke immer an alles«, sagte sie stolz. »Nur –« sie suchte und suchte, drehte den Korb um, als ob sie erwarten würde, daß etwas herausfällt. Es fiel *nichts* heraus.
»Nur?« fragte ich, Böses ahnend.
»Ich habe alles mit, nur –«
»*Was* nur?«
»Nur – den Dosenöffner habe ich vergessen.«
(»Das durfte nicht kommen!« jammerte mein Magen und zog sich zusammen.)
Ein Glück, daß wenigstens die Bierdosen den lustigen Ritschverschluß hatten. Ich öffnete eine

Dose ritsch! – und blutete ratsch! wie immer, vom Finger.
Wir verließen den Wald, den wir glücklich, selig und voller Erwartungen betreten hatten – böse, verärgert und voller Enttäuschungen.

Es ist ein Segen des Schicksals, daß es so etwas wie finstere, rauchige und stickige Kaffeehäuser gibt.

Unsere Regierung gibt und nimmt, aber wenn sie anfängt zu nehmen, nimmt sie mehr als sie gegeben hat. Trotzdem: in Krisenzeiten muß man sie unterstützen. Und eine solche Krisenzeit haben wir jetzt. Es handelt sich um

Das Energieproblem

Ich bin Patriot. Ich liebe mein Vaterland. Leider hatte ich bis heute keine Gelegenheit, das zu beweisen. Hätte ich 1663 gelebt, wäre ich gegen die Türken gezogen – 1809 gegen Napoleon. Im ersten Weltkrieg war ich zu jung – im zweiten nicht erwünscht. Andere Kriege standen nicht zur Auswahl, und so blieb ich ein Mensch, der bis heute keinen Schuß Pulver abgefeuert hat.
Und doch: ich bin Patriot. Ich bezahle pünktlich meine Steuern, und wenn die Summe, die ich zu bezahlen habe, mit einem Groschenbetrag endet, runde ich sie auf. Z. B. von achtzehn auf zwanzig. Ich bin Patriot.
Gestern stand es in den Gazetten: Wir sind von einer Energieknappheit bedroht, die Regierung will keine Maßnahmen ergreifen, ruft aber dennoch das Volk zum Sparen auf. Meine Frau und ich beschlossen sofort, diesem Aufruf nachzukommen. Wir drehten das elektrische Licht ab (Strom!) und gingen zu Bett.
Vom nächsten Morgen an stand alles im Zei-

chen der Krise. Der Elektroherd wurde nicht angerührt, anstatt unseres geliebten heißen Tees tranken wir kalte Milch, statt der gewohnten Toaste aßen wir Zwieback. Es war tiefster Winter, und wir zitterten vor Kälte. Ich zog eine dikke Strickweste an, meine Frau einen Zottelpelz. Es läutete an der Tür. Wir haben natürlich eine elektrische Glocke und waren empört über diese Stromverschwendung. Meine Frau öffnete, es war unsere Hausgehilfin. Rosa, so heißt sie, trat ein und glaubte, in einen Kühlschrank gekommen zu sein. Sie weigerte sich, in einer so kalten Wohnung wie der unsrigen, zu arbeiten. Wir trösteten sie. Es wird gleich warm werden, wir haben ja nicht nur einen Gas- und zwei Elektroöfen, wir haben auch – noch von früher – einen Allesbrenner. »Sie brauchen bloß in den Keller zu gehen«, sagte meine Frau zu Rosa, »und Holz und Kohlen heraufzubringen, und wir machen ein Feuerlein an, daß uns allen wohlig warm werden wird.«
Irrtum. Rosa brachte weder Holz noch Kohlen herauf, es gab kein warmes Feuerlein und es wurde uns auch nicht wohlig warm. Rosa war auf der Kellertreppe ausgeglitten, hatte sich den Knöchel des linken Fußes verstaucht, wir mußten sie in den Salon tragen, in Tücher hüllen und zum kalten Gasofen legen. Dann ging *ich* in den Keller. Ich zog gefütterte Schuhe an, nahm meinen Mantel und setzte mir die Schihaube

auf. Meine Frau band sich einen dicken Schal um den Hals, obwohl sie nichts anderes zu tun hatte, als auf mich zu warten.

Im Keller fand ich vorerst nichts vor als eine ägyptische Finsternis. Es gab natürlich einen Lichtschalter und ich wußte auch, wo er angebracht war, aber mein Gewissen verbot mir, ihn aufzudrehen. Schließlich sollte ja im ganzen Haus gespart werden und nicht nur bei uns. Ein Streichholz konnte ich mir leisten. Ich zündete also ein Streichholz an – und stieß einen Schrei aus. Ich stand einem Skelett gegenüber! Wie von einem Jungfilmer, der mir ein Drehbuch zeigen will, gehetzt, rannte ich, immer weiter schreiend, die Treppe hinauf bis zu unserer Wohnung. Dort angelangt, pumperte ich mit beiden Fäusten gegen die Tür. Meine Frau öffnete.

»Was ist los?« fragte sie.

»Ein Totengerippe ... im Keller ...«

»Trottel!« Sie sah mich verächtlich an. »Weißt du nicht mehr, daß der alte Medizinalrat das Gerippe unten abgestellt hat, als er in Pension ging?« Jetzt fiel es mir ein. Meine Frau hat ein Gedächtnis wie ein Elefant. Sie erinnert sich an Dinge, die Jahre zurückliegen und erinnert auch mich immer wieder daran. So wünschte sie sich einmal zu Weihnachten einen Nerz. Als ich ihr einen brachte, biß er sie in die Wade. Ich wußte nicht, daß sie einen Mantel gemeint hatte. Auch daran erinnert sie mich immer wieder. Aber das gehört nicht hierher. Ich ging in den Keller zurück, schlich mich an dem Gerippe vorbei – ganz geheuer war mir nicht – und fand eine Schaufel. Ich lud einen Eimer mit Kohle, einen zweiten mit Holz und ging wieder hinauf. Durch die warme Kleidung, die ich anhatte sowie durch das Schaufeln, war ich ins Schwitzen gekommen. Als ich unser Vorzimmer betrat, hatte ich einen Schnupfen.

»Das sieht dir ähnlich«, sagte meine Frau.

»Warum? Andere Leute haben auch einen Schnupfen.«

»Ich nicht«, meinte sie pikiert. Sie hatte recht. Sie hat, seit ich sie kenne, noch nie einen Schnupfen gehabt. Auch heute nicht, trotz dieser Kälte. Sie hatte Halsschmerzen. Aber bald wird es warm sein. Das versprach ich auch Rosa, die mit den Zähnen klapperte. Als ich sie fragte, ob ich ihr einen kalten Umschlag mit essigsaurer Tonerde auf den Knöchel legen solle, sah sie mich an wie einen Mörder.

Ich stellte den Eimer mit Holz und Kohle vor den Allesbrenner. Meine Frau und ich waren wieder versöhnt, und gerührt wischte ich mir die Tränen aus der Nase. Der Sturm tobte, daß wir uns in unserem Iglu direkt gemütlich fühlten. Wir sahen einander in die Augen. Eine Frage zitterte auf unseren Lippen. Stumm und heimlich. Zwei Seelen, aber nur ein Gedanke:

Wer wird einheizen? Schließlich entschloß sich meine Frau dazu. Sie legte Holz und Kohlen in den Kamin, legte – da wir kein anderes Papier zur Hand hatten – das Manuskript meines letzten Werkes obenauf – zündete es an, es flackerte kurz auf und ging wieder aus. Sie versuchte es nochmals – es ging *wieder* aus. Nochmals – wieder. Nochmals – wieder. Das Feuer ging immer wieder aus. »Der Kamin ist seit zehn Jahren nicht geheizt worden«, bemerkte meine Frau, »der gehört durchgeputzt. Wir müssen unseren Rauchfangkehrer verständigen.« Ich rief ihn an. Leider stellte es sich heraus, daß »unser« Rauchfangkehrer auch anderen Leuten gehörte und daß er, wie mir seine Gattin versicherte, vor Ablauf einer Woche nicht zu sprechen sei. Ich sagte das meiner Frau – sie kam mir zu Hilfe. Sie versprach, dem Rauchfangkehrer den doppelten Stundenlohn zu bezahlen. Ein Hohngelächter. Sie versprach der Frau eine Pelzstola, die sie erst zweimal getragen hatte. Hihi! Sie versprach ihr goldene Berge. Haha! Erst als sie versprach, ihr einen Lehrjungen zu verschaffen, wurde sie weich. In zwei Stunden war der Meister bei uns. Ich hatte inzwischen einen Rettungswagen angefordert und Rosa auf die Unfallstation bringen lassen. Meiner Ansicht nach war es unnötig, eines verstauchten Knöchels wegen eine immerhin erhebliche Menge Benzins zu verbrauchen, aber die Ärzte waren anderer Ansicht. Es war kein verstauchter Knöchel, sondern eine gebrochene Zehe, was mir eine Klage wegen fahrlässiger Behandlung und unverantwortlicher Gefährdung des Hauspersonals eintrug. Wir waren zwar versichert, aber nur gegen Einbruch. Der Meister besah sich den Kamin und sagte: »Da muß ich auf das Dach.« Meine Frau zog sich Pelzstiefel an und setzte sich einen Hut auf, ich hüllte mich in Decken. Der Rauchfangkehrer kam zurück. »Alles in Ordnung«, sagte er. »Die Rechnung wird zugestellt.« Darauf konnte ich mich verlassen. »Aber jetzt!« sagte ich als er draußen war und wollte mir die Hände reiben. Es war nicht möglich. Ich hatte zehn Eiszapfen an den Händen. Meine Frau begann zu heizen. Die Flamme flakkerte auf, man hörte bereits ein gemütliches Prasseln, ich segnete im Geist den Rauchfangkehrer – und verfluchte ihn sofort wieder. Ich hatte gesehen, daß meine Frau die Nase rümpfte. »Da riecht etwas«, stellte sie fest. Ich roch zwar nichts, ich hatte ja Schnupfen, aber ich sah es. Aus dem Kamin stieg schwarzer Rauch. »Die Tapete!« schrie meine Frau entsetzt. Die Arme tat mir leid. So lange hatte sie gebraucht, bis sie endlich, endlich die weiße Tapete mit dem Blumenmuster gewählt hatte, so lange hatte sie gesucht, bis sie einen Tapezierer fand, so lange hatte sie gewartet, bis er endlich kam, vorgestern war er fertig geworden – nun war alles

kaputt. Sie begann zu weinen. »Ich muß auf andere Gedanken kommen«, schluchzte sie. »Ich drehe das Radio an.«
»Bist du verrückt geworden?« rief ich. »Das Radio? Das braucht doch Strom!«
Zu Mittag aßen wir Käse, am Abend Sardinen. Das alles bei Kerzenbeleuchtung. Kein helles Licht, kein Fernsehen – nichts. Meine Frau sprang auf. »Ich gehe ins Kaffeehaus«, sagte sie. Wir gingen ins Kaffeehaus. Gemütlich wird es dort auch nicht sein, dachte ich, schließlich müssen ja die auch sparen.
Als wir auf die Straße kamen, waren wir baff. Die Straßenbeleuchtung brannte, die Autos rasten vorüber, im Kaffeehaus waren alle Heizkörper eingeschaltet, sämtliche Lichter brannten, im Fernsehzimmer lief das Programm, wir bekamen heißen Tee mit Toast, und als meine Finger aufgetaut waren, nahm ich eine Zeitung und las. Und *was* ich las! Von Formel I-Rennen, von Motorradrennen, den verschiedenen Rallyes, von den neuen Computern, die unsere Regierung gekauft hat – lauter energieverbrauchende Dinge! Und da sollen *wir* sparen? Ausgerechnet *wir?*
Am nächsten Tag gab es bei uns wieder die richtige Zimmertemperatur, wir tranken unseren Tee, aßen unsere Toaste, mittags und abends gab es warmes Essen, wir ließen Radio und Fernsehen laufen – und wenn uns die Regierung

wieder einmal auffordern sollte Energie zu sparen, dann werde ich sagen: »Erst wenn du selber sparst, liebe Regierung! Ich bin kein Patriot mehr!«

Wenn ich noch etwas hinzufügen darf? Ich beneide die Italiener. Sie sind ein glückliches Volk. Sie können länger ohne Regierung sein als mit.

Wenn es sich um Ausreden handelt, ist die Welt voll von großen Erfindern. Einmal gehörte auch ich dazu. Ich war auf der

Suche nach einer Ausrede

Joschi, Robinson, Wronsky, Goldmann und ich saßen in unserem Stammkaffeehaus. Es war drei Uhr früh, und wir hatten ein schlechtes Gewissen. Warum? Wir hatten unseren Klubabend hinter uns. Es war ein Herrenklub – Damen hatten zu unseren Meetings keinen Zutritt. Das heißt, daß es ein Klub sei, glaubten nur unsere Damen. Es war kein Klub. Wir hatten weder einen Namen noch Statuten noch sonst etwas. Wir kamen an jedem ersten und dritten Donnerstag im Monat zusammen, wählten einen neuen Präsidenten und feierten seinen Einstand. Es war völlig harmlos. Längstens um Mitternacht waren wir wieder zu Hause, bis —

Bis wir einmal nicht zu Hause waren. Das kam so: Wir hatten Robinson zum neuen Präsidenten gewählt, und er lud uns ein, noch mit ihm in ein Nachtlokal zu gehen. Also gingen wir. Wir tranken Whisky, tranken wieder Whisky, lernten ein paar Mädchen kennen, tranken wieder Whisky, brachten sie nach Hause, sie forderten uns auf in ihr Apartment zu kommen, wir tranken wieder Whisky, machten Musik, tanzten, tranken wieder Whisky, Joschi zog sich mit einem der Mädchen auf ihr Zimmer zurück, die anderen ebenfalls, nur ich nicht. Oder doch? Ich weiß es nicht mehr. Nun saßen wir da und berieten, was wir unseren Frauen erzählen sollten. Der eine schlug dieses vor, der andere jenes – es fand keiner das richtige. So beschlossen wir, es dem Augenblick zu überlassen. Es kam schließlich auf die Situation an, und die war bei jedem anders. Also gingen wir – es war inzwischen vier geworden – ziemlich belämmert nach Hause.

Am nächsten Tag berichteten wir uns gegenseitig, was sich abgespielt hatte.

Wronsky war nach Hause gekommen. Vera, seine Frau, pflegte immer mit einer »Schlafmaske« zu schlafen, das ist eine Art Augenbinde, die gegen das Licht schützt. Sie wurde wach. »Strolchi!« rief sie zärtlich. »Komm hierher!« Sie dachte, es wäre der Hund. »Strolchi!« wiederholte sie. Sie wurde ungeduldig. Was blieb Wronsky übrig. Er kroch auf allen vieren zu ihr hin, leckte ihre Hand, knurrte ein bißchen und ging leise zu Bett. Er war noch einmal davongekommen.

Einfacher war es bei Robinson. Er ist nicht nur Anwalt, er ist auch Spieler. Hasardeur. Wenn meine Frau wach ist, dachte er, wird mir schon

etwas einfallen – wenn sie schläft, brauche ich nichts. Sie schlief – er brauchte nichts.
Goldmann kam nach Hause. Hermine, seine Frau, lag hellwach im Bett. »Jetzt kommst du, du Schuft?« zeterte sie. »Um vier Uhr früh?«
Goldmann versuchte es mit der Frechheit. »Vier Uhr früh?« wiederholte er empört. »Eben war es zwölf!«
»Ich habe doch mit meinen eigenen Ohren gehört, daß es vier geschlagen hat?« beharrte Hermine.
»Wenn du deinen Ohren mehr glaubst als mir?« entgegnete Goldmann. Es entspann sich ein Streit. Hermine redete, redete und redete. Goldmann berichtete uns am nächsten Tag darüber.
»Schade«, lachte Robinson, »das hätte ich gerne gehört.«
»Geh zu mir nach Hause«, meinte Goldmann, »ich glaube, sie redet noch immer.«
Was mich betrifft – ich hatte Pech. Ich war wahnsinnig müde und konnte meine Augen kaum offenhalten. Langsam torkelte ich die Treppe hinauf – der Lift war wieder einmal kaputt –, mich hielt nur eines aufrecht: die Aussicht auf Schlaf. Wie der Verschmachtende in der Wüste einen Brunnen als Fata morgana vor sich sieht, so sah ich meinen Polster vor mir.
Leise, leise betrat ich unsere Wohnung, noch leiser öffnete ich die Tür zu unserem Schlafzim-

mer, ging, mit dem Rücken voraus hinein – im selben Moment machte meine Frau hell, setzte sich in ihrem Bett auf und fragte erstaunt: »So früh mußt du schon aus dem Haus?« »Ja«, sagte ich leidend und wankte wieder fort – ins nächste Hotel, wo ich mir ein Zimmer nahm und darüber nachdachte, was ich ihr am Abend sagen würde, wohin ich so früh am Morgen gehen mußte.

Joschi hatte natürlich, wie immer, die beste Idee gehabt. Als er nach Hause kam, war Tutzi nicht nur wach, sie ging wütend im Zimmer auf und ab.

»Jetzt kommst du nach Hause?« rief sie. »Wo warst du die ganze Nacht?«

Joschi blieb ruhig. »Du wirst es mir ja doch nicht glauben, wenn ich es dir sage«, meinte er.

»Mach keine Ausflüchte und erzähle!«

»Also gut. Paß auf: Du weißt, daß Robinson, Wronsky, Goldmann, Wiener und ich gestern unseren Klubabend hatten.«

»Ja.«

»Robinson wurde zum Präsidenten gewählt, und aus lauter Freude lud er uns ein, noch mit ihm in ein Nachtlokal zu gehen.«

»Aha!«

»Natürlich konnten wir nicht nein sagen.«

»Natürlich nicht.« Es klang etwas spöttisch. »Aber rede weiter!«

»Wir tranken Whisky, tranken wieder Whisky,

lernten ein paar Mädchen kennen – du wirst es mir nicht glauben«, unterbrach er sich.
»Weiter!« schrie Tutzi.
»Wir tranken wieder Whisky«, setzte Joschi fort, »wir brachten die Mädchen nach Hause, sie forderten uns auf in ihr Apartment zu kommen, wir tranken wieder Whisky, machten Musik, tanzten, tranken wieder Whisky, ich zog mich mit einem der Mädchen in ihr Zimmer zurück – –«
»Jetzt hör schon auf mit diesem Blödsinn!« brüllte Tutzi. »Sag mir endlich die Wahrheit! Mit wem hast du die ganze Nacht Karten gespielt, und wieviel hast du verloren?«
»Du bist doch die gescheiteste Frau der Welt!« sagte Joschi.
»Gespielt habe ich mit Mario und verloren habe ich nichts. Im Gegenteil. Ich habe hundert Schilling gewonnen, und die gehören dir!«
Tutzi gab ihm einen Kuß – die Sache war erledigt.

Es gibt drei Arten von Lügen: die echte, die Statistik und die Wahrheit.

Urlaub ist die Zeit im Jahr, in der man sein Heim verläßt, um in irgendeiner Ortschaft halb so gut zu wohnen und zu essen wie zu Hause – und doppelt so viel dafür zu bezahlen. Ich hatte genug davon. Was ich heuer wollte, war endlich

Ein billiger Urlaub

Nachdem ich meinen ganzen Mut zusammengenommen hatte , sagte ich zu meiner Frau: »Ich habe beschlossen, daß wir beide heuer nicht auf Urlaub fahren!«– Und sie sagte: »Okay.« Ich konnte es nicht fassen – sie sagte »Okay.« Sie sagte dieses »Okay« zwar erst nach acht Wochen mit insgesamt zweiundvierzig Ehekrachs, aber sie sagte »Okay!«

Es ist ja auch zu dumm. Wir haben ein wirklich schönes Haus in der lieblichen Kurstadt Baden bei Wien, Tausende Touristen kommen im Sommer, um diese Stadt zu besuchen, und wir fahren weg. In Zeiten wie den heutigen ist das ein beispielloser Leichtsinn.

Aber das allein ist nicht der Grund, weshalb ich es verabscheue auf Urlaub zu fahren – es gibt da noch etwas, und zwar die Reise. Wir gehören nicht zur Klasse der Autobesitzer – wir gehören zur andern. Zur Privilegierten. Zu den Fußgängern. Es muß ja auch jemand da sein, der sich überfahren läßt. Sie werden sagen: »Was heißt

hier überfahren? Haben Sie noch nie von Verkehrsampeln und Zebrastreifen gehört?« Natürlich habe ich davon gehört. Ich habe sie auch gesehen und bin zu der Erkenntnis gekommen, daß beides Tricks sind, um die Passanten in die Mitte der Straße zu locken. Aber lassen wir das. Wir haben also kein Auto, finden aber immer Freunde und Bekannte, die ihren Urlaub im selben Ort verbringen wie wir und die uns liebenswürdigerweise dorthin mitnehmen. Im letzten Sommer war es mein Schwager Goldmann.
»Hast du viel Gepäck?« erkundigte er sich vorher.
»I wo!« sagte ich. Ich habe noch keinen Menschen gekannt, der »I wo« gesagt hätte, aber in Büchern liest man es oft, und es gefällt mir. »I wo!« sagte ich also.
»Ich habe fast gar kein Gepäck. Bloß ein Köfferchen.«
Nach dem Gepäck meiner Frau hatte er mich nicht gefragt. Und die *hatte* Gepäck. Meine Frau hatte vier Koffer, eine Reisetasche, zwei Schirme, einen Pelz, den sie über den Arm schlug, einen Sack mit Golfschlägern, ein Tennisrackett und die Tasche mit unserem Kater, den wir vor jeder Reise überlisten müssen, weil er, sobald er die erwähnte Tasche sieht, denkt, daß es zum Tierarzt geht. Das spielt sich meistens folgendermaßen ab: Ich gehe, ein Liedchen pfeifend, in mein Arbeitszimmer. Jacky,

der Kater, folgt mir. Im Vorzimmer versteckt, lauert hämisch lächelnd die Tasche. Nun läutet meine Frau an der Eingangstür. Jacky, neugierig, geht hinaus, um zu sehen, wer kommt. Kaum sieht er die Tasche, will er, von Panik gepackt, zurück, inzwischen habe ich aber sämtliche Türen geschlossen, so daß ihm kein Fluchtweg bleibt. Hoch erhobenen Hauptes ergibt er sich in sein Schicksal, stolz wie ein General, der nach verlorener Schlacht dem Feind seinen Degen übergibt. Der Reißverschluß wird zugezogen – Jacky ist gefangen. So einfach ist das, wenn es zum Arzt geht. Will man ihn von der Notwendigkeit eines Urlaubs überzeugen, ist es bedeutend schwieriger. In diesem Punkt gerät er mir nach. Ich mag auch keinen Urlaub – für einen Kater muß es aber wesentlich schlimmer sein. Man bedenke: In jedem Hotel wird einmal am Tag das Zimmer aufgeräumt – da muß Jacky in die Tasche. Das Zimmermädchen könnte die Tür offenlassen – das kommt vor –, und dann wäre er weg. Gehen wir zum Essen, ist es dasselbe. Das Zimmermädchen könnte den Staubsauger vergessen haben – das kommt vor –, es läßt die Tür offen –, also muß Jacky in die Tasche. Am Abend wieder. Jacky verbringt seinen Urlaub in der Tasche und das paßt ihm nicht. Gehen wir spazieren, bleibt er allein und langweilt sich. Sein Fressen steht woanders, sein Kistchen, in dem er seine Geschäfte erledigt, steht woanders – er kommt aus der Ordnung. Deshalb läßt er sich auch, wenn wir verreisen, nicht so leicht irreführen, als wenn wir bloß zum Arzt gehen. Kaum sieht er, daß wir Koffer packen, verschwindet er unter die Betten. Nun wurde unser Schlafzimmer von einem Innenarchitekten entworfen, der keine Ahnung von Katzen zu haben scheint, sonst hätte er die Betten nicht an der Wandverkleidung festgeschraubt, so daß man sie nicht wegrücken kann. Aber wir haben auch da einen Kniff. Sobald Jakky unter den Betten ist, kriechen meine Frau und ich, jeder von einer anderen Seite, unter besagte Liegestätten, um ihn zu fassen. Meist ist er dann schon davongeflitzt, und wir erwischen uns gegenseitig bei den Handgelenken. Es dauert ungefähr eine Stunde, bis wir wissen, wo er ist, aber dann kriegen wir ihn. Solange muß der Freund oder der Bekannte, der uns nach unserem Urlaubsort bringt, mit seinem Wagen vor dem Haus warten. Auf diese Weise haben wir schon viele Freunde und Bekannte verloren. Nicht das Geld allein ist also der Grund, weshalb ich nicht gern auf Urlaub fahre, sondern auch das Gepäck. In den vier Koffern, die, wie ich bereits erwähnte, meine Frau mitzunehmen pflegt, ist so ziemlich alles, was man für drei Wochen in einem kleinen Ferienort braucht: Abendkleider, Cocktailkleider, Schuhe, Blusen, ein blauer und ein brauner Regenmantel, ein

Leder- und ein Lodenkostüm, falls es plötzlich kalt werden sollte, dazu der Pelz, die Reisetasche, die Schirme, die Golfschläger und das Tennisrackett. Am Ende des Urlaubs stellt sich dann heraus, was sie von der mitgenommenen Garderobe gebraucht hat: ein paar Kleider, zwei Paar Schuhe, einen Regenmantel, einen Schirm. Dafür kauft sie auf Ausflügen alles mögliche ein, so daß wir für die Rückreise noch einen fünften Koffer brauchen sowie ein Lastminutebag, in das man noch verschiedenes hineinstopfen kann, und ein zweites Lastminutebag, und ein drittes und ein viertes. Das alles mußte mein armer Schwager Goldmann erleben, ehe er den Schwur ablegte, uns nie mehr im Wagen mitzunehmen. Drei von den fünf Koffern brachte er im Kofferraum unter, zwei standen neben ihm auf dem Sitz, so daß er sich kaum bewegen konnte, sein und mein Köfferchen hatte ich auf dem Schoß, die Tasche mit dem Kater hatte meine Frau, darauf den vierfach zusammengelegten Pelz, der Golmanns Kopf so nach vorne drückte, daß er ihn erst zu Hause, nach einer längeren Streckbehandlung, wieder aufrecht tragen konnte. Als wir vor unserem Haus ankamen, stand dort ein junger Mann, der vergnügt beobachtete, wie ich Koffer für Koffer in das Haus schleppte. Ich fragte ihn:
»Haben Sie eine Freundin?«
»Eine Verlobte«, sagte er.

Drauf ich: »Dann hören Sie meinen Rat. Fahren Sie mit Ihrer Braut auf Urlaub, und zählen sie, wieviele Koffer sie mitnimmt. Wenn es mehr als zwei sind, heiraten Sie sie nicht!«
Ich wollte ja aber von meinem billigen Urlaub berichten, und da war natürlich der Hauptgrund, weshalb ich einen solchen überhaupt erwog, schon das finanzielle Moment. Meine Frau und ich hatten unsere bisherigen Ferien zuerst im Ausland verbracht und erst später im Inland, weil wir zu der Erkenntnis kamen, daß es unpatriotisch wäre, uns von Fremden neppen zu lassen, wenn unsere Landsleute das ebensogut verstehen. Nun wollten wir damit brechen und so kam ich zu dem bereits anfangs erwähnten Entschluß, den ich, falls ich in Fremdenverkehrswerbung machte, mit dem Slogan versehen würde: »Urlaube zu Hause!« oder auch »Bleibe im Lande und ernähre dich schädlich!« Letzteres deshalb, weil man zu Hause mehr zu essen pflegt, als in der Fremde, was der Gesundheit nicht zuträglich ist. Aber das ist Disziplinsache. Hauptsache: Wir bleiben zu Hause!
Die ersten Tage waren wundervoll: Billig, billig, billig! Dann fand meine Frau, daß das kein Urlaub sei. Besonders für sie nicht.
Sie hatte, vom Frühstück angefangen, dieselbe Arbeit wie das ganze Jahr über. Nun ist meine Frau eine gute Planerin. Sie organisierte einen Frühstücksdienst, daß heißt, sie ließ uns von

einem Kaffeehaus das Frühstück ins Haus schicken. Das kostete soviel wie ein ganzer Tag in einem Hotel, Klasse A, in einem nicht gerade luxuriösen, aber doch renommierten österreichischen Kurort. Immerhin ersparten wir die Kurtaxe.

Nach ein paar Tagen fand sie das Urlauben zu Hause langweilig. Ehrlich gestanden, ich auch. Wir fuhren also zu den Salzburger Festspielen. Dazu brauchte sie ein neues Abenkleid. Kosten: 10.000 Schilling.

»Was wirst *du* anziehen?« fragte sie.

»Meinen Smoking.«

Sie sah mich an. »Den alten Smoking willst du anziehen?« fragte sie.

»Er ist nicht so alt«, wagte ich einzuwenden. »Zwei Jahre.«

Sie lachte gekünstelt. »Zwei Jahre«, wiederholte sie. »Zwei Jahre, in denen du einen Bauch bekommen hast.«

»Ich habe *keinen* Bauch bekommen.«

»Du *hast* einen Bauch bekommen. Probier ihn doch an.« Ich probierte ihn an – ich *hatte* einen Bauch bekommen. Neuer Smoking: 14.000 Schilling.

Die Festspiele waren herrlich. Die »Zauberflöte«. Wir hörten Edita Gruberova, Peter Schreier, Christian Boesch, die Wiener Philharmoniker sowie die Poppers, die hinter uns saßen. Wir hörten ferner die Cotrubas und daß Popper

nicht gekommen wäre, wenn er gewußt hätte, daß die Oper im Fernsehen übertragen wird. Kosten: Reise, Hotel, Festspielkarten, Abendessen mit Poppers: 8.000 Schilling. Als wir nach Hause kamen, fanden wir eine Einladung vor. Spannagls baten uns zu einer Party. Abendkleidung.
»Fein«, sagte ich. »Da kannst du dein neues Abendkleid nehmen.«
Meine Frau sah mich an wie einen Irren. »Was sagst du?« fragte sie.
»Da kannst du dein neues Abendkleid nehmen«, wiederholte ich, naiv wie ich bin. »Das von Salzburg.«
»Ich glaube, du hast nicht alle im Schrank«, sagte meine Frau im besten Fernsehdeutsch. »Ich kann doch nicht zweimal dasselbe Abendkleid tragen. Du hast vergessen, daß Poppers es gesehen haben und Poppers sind bestimmt dort.«
Sie hatte wieder recht.
Wie oft sagt ihr jemand: »Neulich habe ich Sie im Fernsehen gesehen.« Fragt meine Frau: »Was habe ich gesungen?« sagt der- oder diejenige: »Das weiß ich nicht mehr. Ein grünes Kleid haben Sie angehabt.« Das Kleid macht also mehr Eindruck, als unsere mühsam erarbeiteten Chansons. Daher ein neues Abendkleid. Kosten: 10.000 Schilling. Übrigens: Poppers waren *nicht* dort.
Acht Tage später wieder eine Einladung.

Wronskys Tochter Inge, die seit sechs Jahren mit dem jungen Wechsler verlobt war, heiratet. Allerdings nicht den jungen Wechsler, sondern einen andern. Wronskys veranstalteten eine Bauernhochzeit mit anschließendem Umtrunk. Einige wenige, darunter wir, wurden zum Abendessen gebeten. Kleidung: Tracht.

»Fein«, sagte ich wieder zu meiner Frau. »Da kannst du dein Dirndl anziehen.«

»Was für ein Dirndl?« fragte meine Frau.

»Das schöne rote, das du dir im vorigen Sommer in Garmisch gekauft hast.«

Wieder sah meine Frau mich an wie einen, der soeben den Verstand verloren hat. Ich kannte diesen Blick schon. Es war der Zehntausendschilling-Blick. »Hast du nicht gelesen, was auf der Einladung steht? Daß wir zum Abendessen gebeten werden. Das heißt bei einer Bauernhochzeit, daß man im Abenddirndl zu erscheinen hat.«

»Aha!«

»Was wirst *du* anziehen?« fragte sie.

»Meinen Smoking.«

»Es steht doch Tracht!« herrschte sie mich an. »Tracht heißt Bauernanzug, Jägeranzug, Försteranzug. Hast du schon einmal einen Förster im Smoking gesehen?«

»Nein«, gab ich zu und dachte: Auch nicht *ohne* Smoking. Ich habe überhaupt noch keinen Förster gesehen.

»Du mußt dir einen Trachtenanzug kaufen.« Also kaufte ich mir einen Trachtenanzug. Von der Stange. Ich brauchte ihn ja nur für dieses eine Mal. Ich fand einen äußerst billigen: zweitausend Schilling. »Drückt er sich?« fragte ich den Verkäufer.
»Ein bißchen«, antwortete er. »Aber was wollen Sie für zweitausend Schilling schon haben?« Er hatte recht. Was wollte ich für zweitausend Schilling schon haben? Er gab ihn in einen Nylonsack.
»Keinen Nylonsack«, bat ich. »Wir wissen zu Hause schon nicht mehr wohin damit. Gibt es zu dem Anzug keine Schachtel?«
»Leider«, bedauerte er. »Da käme die Verpakkung teurer als der Anzug. Was wollen Sie für zweitausend Schilling schon haben?« Er hatte recht. Was wollte ich für zweitausend Schilling schon haben? »Außerdem«, fuhr er fort, »brauchen Sie sich wegen des Nylonsacks keine Sorgen zu machen. Er ist aus dem neuen Kunststoffmaterial, welches sich auflöst, sobald es nicht mehr gebraucht wird.«
Ich kam nach Hause und wunderte mich. Nicht der Nylonsack hatte sich aufgelöst, sondern der Trachtenanzug.
»Wundert dich das?« fragte meine Frau. »Was willst du für zweitausend Schilling schon haben?« Sie hatte recht. Was wollte ich für zweitausend Schilling schon haben. Ich ging zu mei-

nem Schneider und ließ mir einen Trachtenanzug anmessen. Kosten: 12.000 Schilling. Dazu das Abendkleid plus Hochzeitsgeschenk: 25.000 Schilling. Übrigens trugen alle andern Herren Smoking mit Trachtenhose. Das hätte ich gehabt.

Eine Woche drauf sagte meine Frau: »Wir haben noch vierzehn Tage Schönwetter vor uns – wir müssen eine Gartenparty geben.«

»Warum?« fragte ich erstaunt.

»Weil wir uns bei Spannagls, Wronskys und auch bei allen andern, die uns während des Winters eingeladen haben, revanchieren müssen.«

Sie hatte recht – das mußten wir. Sie arrangierte ein Gartenfest mit Lampions und Feuerwerk, lud fünfzig Personen ein, bestellte Speisen, Getränke, Tische, Stühle, Kellner und Musiker.

Als die Gäste eingetroffen waren und Platz genommen hatten, begann es zu regnen. Der Regen hörte bald wieder auf – er wurde von einem Unwetter abgelöst. Faustgroße Hagelschloßen fielen vom Himmel. Wir mußten ins Haus, die Blumen wurden zertrampelt, im Haus hatten wir zu wenig Platz, es gab ein Gedränge, Flaschen fielen um, der Rotwein ergoß sich auf die Damasttischtücher sowie auf die Perserteppiche – es gab ein Bohuwatohu – ich weiß, daß es Tohuwabohu heißt, aber es war ein solches Tohuwabohu, daß es schon ein Bohuwatohu war.

Kosten, inkl. Gärtner und Teppichputzerei: 70.000 Schilling.
So ging es weiter. Endlich war der letzte Ferientag gekommen – die Arbeit fing wieder an. Ich setzte mich hin, rechnete zusammen, wieviel uns der billige Heimurlaub gekostet hatte, und kam zu einem erstaunlichen Ergebnis: Für die Summe, die herauskam, hätten wir zweimal um die Welt fliegen können.

Heute sind die ersten Reisebüroprospekte mit den Angeboten für den nächsten Sommer ins Haus getrudelt. Ich denke, wir werden ihn zur Hälfte in Acapulco und zur andern Hälfte in Las Vegas verbringen. Wir müssen sparen.

Es ist besser, Ehrungen zu verdienen und nicht zu erhalten, als sie zu erhalten und nicht zu verdienen. Also sprach Mark Twain – und mich lehrte es

Mein 100ster Geburtstag

Ich feierte meinen 100sten Geburtstag. Die ganze westliche Welt gedachte meiner. Meine Vaterstadt Wien errichtete mir ein Denkmal, und zwar an einem der schönsten Plätze der Stadt: zwischen Rathaus und Burgtheater. Ich lebte natürlich längst nicht mehr. Ich hatte bereits mein bescheidenes Apartment im Himmel, mit Aussicht auf die Erde, einige Flügelschläge vom Café Exzelsior entfernt, wo ich mich täglich mit meinen, natürlich ebenfalls verstorbenen Freunden traf. Ich hatte sie alle wiedergefunden: Joschi, Dr. Robinson, meinen Dentisten Dr. Wronsky sowie meinen Schwager Walter Goldmann.
Unsere Frauen lebten noch. Auch sie trafen sich, wenn auch nur einige Male im Monat. Sie erinnerten sich unser, sie erzählten einander mit Tränen in den Augen, was sie doch für gute Männer gehabt hätten – und keine von ihnen hatte ein zweites Mal geheiratet, weil man solche seltenen Menschen wie ihre Seligen es gewesen waren, eben nicht mehr bekommt. Zu unseren Lebzeiten hatten sie uns das nie gesagt.

Aber wir waren wirklich selig. Wir hatten unsere Bridgepartie, wir sprachen von Büchern, die ich geschrieben, von Prozessen, die Robinson geführt, von Schwindeleien, die Joschi begangen, von Zähnen, die Wronsky gezogen und von Ohrfeigen, die Goldmann seinem Sohn Ladi gegeben hatte. Er behauptete immer noch: »Wenn *ich* nicht wußte, warum ich sie ihm gab – *er* wußte es!« Mitten in diese himmlische Ruhe platzte nun die Nachricht, daß man am nächsten Tag in Wien mein Denkmal enthüllen werde. Als Verklärter sollte mich zwar dieses profane Geschehnis nicht allzu sehr berühren, aber wenn ich die Wahrheit sagen soll – ich war aufgeregt. Meine großen Kollegen wie Goethe, Schiller, Shakespeare lächelten mitleidig auf mich herunter. Kunststück! Sie hatten schon so viele Denkmäler in so vielen Städten – ich war als ein in Marmor Gehauener ein blutiger Anfänger.

Man lud mich mit meinen Freunden in das gewaltige Observatorium ein, von dem aus man meine Denkmalsenthüllung auf der Erde beobachten konnte. Ich blickte durch die Linse des enormen Spiegelteleskops. Dort unten stand ich schon. Es war zwar noch ein Tuch über mich gebreitet, aber ich konnte mir bereits Vorstellungen machen, wie ich aussehen werde. Es gab da verschiedene Möglichkeiten. Sie konnten mich als großen Dichter dargestellt haben, mit wal-

lendem Mantel und lockigem Haar, den Gänsekiel in der Hand – oder an meinem Schreibtisch, vor der Schreibmaschine sitzend – oder im Kaffeehaus, in alten Zeitungen nach neuen Ideen suchend – es war alles offen.
Die Menschen begannen sich anzusammeln. Angehörige der Klubs, deren Mitglied ich gewesen war, nahmen Aufstellung. Ich kannte keinen der Klubfreunde, es war ja bereits die nächste Generation. Jetzt marschierte die Trachtenkapelle meiner zweiten Heimat, der Kurstadt Baden, auf und spielte den »Hugo-Wiener-Marsch«. Udo Jürgens hatte ihn mir zu Ehren komponiert. Vor dem Denkmal standen Stühle für die Ehrengäste, an der Seite hatte man ein Rednerpult postiert. Wie ich hörte, sollte der Herr Bundespräsident persönlich das Denkmal der Öffentlichkeit übergeben. Er sagte ab und übertrug diese Aufgabe dem Bundeskanzler, der wieder dem Vizekanzler, der dem Bürgermeister und der dem Stadtrat für Verkehr. Noch dazu dem stellvertretenden. Ich fühlte mich ein wenig beschämt. Was hatte ich noch mit Verkehr zu tun? Nichts. Und mit stellvertretendem schon gar nichts. Jetzt stellte man einen roten Polstersessel vor die erste Reihe. Wer wird darauf Platz nehmen? Bald wußte ich es: meine Frau! Sie trug ein grünes Kostüm, einen grünen Hut, grüne Schuhe und – die Tränen traten mir in die Augen – die grüne Kroko-

dilledertasche, die ich ihr einmal geschenkt hatte. »Siehst du die grüne Tasche?« flüsterte ich Joschi zu. »Das ist Pietät!« Joschi blickte durch das Teleskop. »Die ist nicht grün, die ist grau«, sagte er. Er hatte recht. Man sieht von da oben nicht sehr gut. Auf alle Fälle – Pietät war es keine.

Die Ehrengäste hatten applaudiert, als meine Frau erschienen war. Dann hatten sie wieder Platz genommen. Auch meine Frau setzte sich. Von den Ehrengästen kannte ich auch keinen. Es waren wahrscheinlich Theaterdirektoren, Schauspieler und – das ist doch Zebisch! Zebisch, der Regisseur, mit dem ich so viele Kämpfe auszufechten hatte! Der Kerl lebt noch! Eine Frechheit von ihm, zu meiner Denkmalsenthüllung zu kommen. Meine Frau nickt ihm zu, und er nickt zurück. Etwas vertraut, wie mir scheint. Sollten die beiden vielleicht –? Nein. Meine Frau sieht zwar gut aus, muß aber schließlich auch schon eine muntere Achtzigerin sein. Und jetzt kommen die Gattinnen meiner Freunde! Mela Robinson, Vera Wronsky, Hermine Goldmann und Tutzi Tolnay! Durchwegs ehrwürdige Matronen. Und da war Ladi, jetzt 52, mit Frau und vier Kindern. »Ruhe!« zischte er einem von ihnen zu und gab ihm eine Ohrfeige. »Der ganze Papa!« sagte Goldmann selig. Nun bestieg der Stadtrat das Rednerpult. »Meine Damen und Herren!« begann er salbungsvoll. Es trat augenblicklich Ruhe ein. »Wir haben uns heute versammelt, um einen Mann zu ehren – einen Österreicher – einen Wiener –, der dem Kulturbild unserer Stadt seinen Stempel aufgedrückt hat.« Hatte ich das wirklich? »Hugo Wiener«, sagte er voll Ehrfurcht. Die Herren nahmen ihre Hüte ab, die Damen schluchzten. »Als Kind einfacher Eltern«, setzte er fort, »fuhr er im Eilzugstempo, mit einer Geschwindigkeit wie sie nur unsere U-Bahn aufweisen kann, von Station zu Station, bis er die Endstelle erreichte.« (Stadtrat für Verkehr!) »Seine verehrte Gattin hat uns heute die Ehre gegeben.« Applaus. »Sie lebt in ihrem Heim wie ein abgestellter Straßenbahnwagen in seiner Remise – stets bereit, wieder eingesetzt zu werden, wenn es um das Andenken und den Ruhm ihres uns allen unvergeßlichen Gemahls geht.« Wieder Applaus. Meine Frau verneigte sich lächelnd nach allen Seiten. Ich kannte dieses Lächeln. Der »abgestellte Straßenbahnwagen« war nicht nach ihrem Geschmack. »Treu folgte sie ihm durch das Leben«, sprach der Stadtrat weiter, »unbeirrbar – wie der Anhänger seiner Lokomotive.« Meine noch immer lächelnde Frau warf ihm einen wütenden Blick zu. Er bemerkte es nicht. »Und so bitten wir Sie, gnädige Frau«, sagte er, »die Notleine zu ziehen –«, er verbesserte sich rasch, »ich meine – an dieser Schnur zu ziehen, damit die Hülle falle, und wir die Garnitur –«, wieder mußte er sich korrigieren, »ich wollte sagen – das Denkmal der Öffentlichkeit übergeben können.« Meine Frau zog an der Schnur, die Hülle fiel – aber was war das? Das war doch nicht ich? Das war ein Mann in Generalsuniform, mit O-Beinen, wie ich noch keine gesehen hatte. »Ein altes Reiterstandbild von Schah Reza Pahlevi«, raunte Joschi mir zu. »Das Pferd sollte Pegasusflügel bekommen, aber die Perser haben es nicht mitgeliefert. Sie sagen, das Pferd hat ihnen nichts getan.« Typisch.

Unten ging es weiter.

Die Sängerknaben intonierten mein Lied »Der Nowak läßt mich nicht verkommen«, der Männergesangverein fiel ein. Keiner der Anwesenden schien zu bemerken, daß der Mann auf dem Postament gar nicht ich war. Außer meiner Frau natürlich, ihren Freundinnen und dem hämisch lächelnden Zebisch.

»Ich danke, gnädige Frau«, verabschiedete sich der stellvertretende Stadtrat für Verkehr von ihr – und wendete sich wieder an die Versammlung. »Ich bitte alle Anwesenden, wenn sie jetzt diesen Platz verlassen, sowie die vielen anderen Wiener, die in den nächsten Tagen und Wochen dieses Denkmal besichtigen werden, sich der öffentlichen Verkehrsmittel zu bedienen.« Und noch immer im salbungsvollen Rednerton, nannte er alle Straßenbahn-, Autobus- und U-

Bahnlinien, die zu meinem Standbild führten. Nach diesen weihevollen Schlußworten gingen die Leute auseinander. Meine Frau, als ewige Schauspielerin, warf noch einen tränenfeuchten Blick auf Reza Pahlevi – dann ging auch sie. Und natürlich mit Zebisch. Ich hatte es geahnt. Zurück blieben nur ein Hund, eine Taube und der ORF. Der Hund weihte sofort die vier Ecksteine des Postaments ein, die Taube unternahm den ersten Luftangriff auf mein Haupt, und der ORF machte Interviews mit Passanten.

»Was wissen Sie von Hugo Wiener?« fragte man einen gut aussehenden Fünfziger. »Wer war Hugo Wiener?« »Hugo Wiener?« entgegnete der Mann. »Ein Politiker, net? Sonst hätt' er ja ka Denkmal kriegt, net?« (Das »net« gehört unweigerlich zu den Antworten meiner Landsleute, sobald sie in ein Mikrophon zu sprechen haben.)

»Wissen Sie, wer Hugo Wiener war?« fragte der Reporter eine junge Dame.

»Ein Fußballer – net? Oder ein Skifahrer? Nein, ich weiß es schon. Hugo Wiener! Das war der Weltrekordler im Formel-Eins-Rennen. Net?« Sie wußte es auch nicht.

»Weißt du, wer Hugo Wiener war?« wendete der Reporter sich an einen Jungen von ungefähr zwölf Jahren.

»Ein Nazi, net? Oder a Jud?«

Es gab keinen, der sich an mich erinnerte. Ich

war so beschämt, daß ich ein volles Lichtjahr hindurch nicht ins Café Exzelsior ging.

»Unsterblichkeit«, sagt Menken, »ist der Zustand eines toten Mannes, der nicht glaubt, daß er tot ist.«
Recht hat er. Net?

Solange die Menschen nackt waren, lebten sie im Paradies. Dann schickte Gott ihnen den Schneider. Er bekleidete sie mit Bärenfellen, mit Togen, mit Prunkgewändern und Uniformen, mit Anzügen und Mänteln. Von einem solchen handelt meine Geschichte:

Der Trenchcoat

»Den nimmst du«, sagte sie. *Er* war ein Trenchcoat, *sie* war meine Frau. Ich hätte ihn nicht genommen, wenn er mir nicht gefallen hätte, aber es war Liebe auf den ersten Blick. Er war hell, hatte den gewissen Schnitt, flott aber nicht *zu* flott – schließlich bin ich nicht mehr der Jüngsten einer –, ich konnte ihn gerade noch tragen. Und vor allem: Er gab mir die Gewißheit, daß ich – entgegen den Behauptungen meiner Frau – eine normale Figur habe. Sein Gürtel – er hatte einen Gürtel mit fünf Löchern – ging, wenn ich den Bauch einzog, auf dem fünften Loch zu. (Ich beschloß allerdings heimlich, zu Hause zwischen dem dritten und vierten Loch ein 3a-Loch zu machen, weil ich nicht immer den Bauch einziehen konnte.)
»Du kannst ihn gleich anbehalten«, sagte meine Frau, »es regnet.« Ich warf einen Blick aus dem Fenster – es regnete nicht, es goß in Strömen, aber das machte uns nichts aus. Unsere Freunde, Dr. Robinson und seine Frau Mela, hatten

versprochen, uns mit ihrem Wagen von dem Kleiderhaus abzuholen und nach Döbling mitzunehmen, wo wir vier mit Dr. Wronsky und seiner Frau Vera in einem französischen Restaurant zum Abendessen verabredet waren.
»Ich werde inzwischen bezahlen«, sagte ich. Ich öffnete den Gürtel – mein Bauch schlug erleichtert die Hände zusammen –, öffnete den Mantel, nahm die Brieftasche heraus, bezahlte, steckte die Brieftasche wieder ein, machte den Mantel zu, den Gürtel ließ ich offen. »Das trägt man jetzt so«, sagte ich auf den fragenden Blick meiner Frau. Der Verkäufer lächelte zustimmend. Er war froh, daß nicht er das 3a-Loch in den Gürtel machen lassen mußte, denn daß dies unvermeidlich war, hatte er bereits gesehen.
Robinson kam. »Steht dir prächtig, der neue Mantel!« sagte er – und »Ich habe Glück gehabt, ich habe gleich an der Ecke einen Parkplatz gefunden.« Er sagte nicht, an welcher Ecke. Es war die achte. Meine Frau, der Mantel und ich trieften vor Nässe, als wir einstiegen. »Ein schöner Mantel!« bewunderte auch Mela das neue Stück. »Aber wenn du dir schon einen gekauft hast, hättest du doch sicher auch einen trockenen bekommen.« Sie lachte. Das war ihr Humor. Meine Frau und ich hatten dafür nichts übrig.
Robinson startete. Als wir einige Minuten gefahren waren, sagte er: »An dem Wagen

stimmt etwas nicht. Ich höre ein Geräusch.«
Wir hatten es auch gehört, hielten es aber nicht für wichtig.
An ein Stehenbleiben war im Moment nicht zu denken, also fuhren wir weiter. Das Geräusch wurde immer deutlicher, es machte mich nervös. Man hört so viel von Unfällen. Ich habe keine Ahnung vom Autofahren, aber ich weiß, daß es Bremsen, Zündkerzen und Propeller gibt. Vielleicht funktionierten die Bremsen nicht, vielleicht hat der Propeller die Zündkerzen ausgeblasen.
»Ich muß nachschauen«, sagte Robinson plötzlich. »So fahre ich nicht weiter.« Er hielt an, stieg aus, öffnete die Kühlerhaube, griff hinein, verletzte sich am rechten Zeigefinger, konnte nichts finden, griff noch einmal hinein, verletzte sich am linken Zeigefinger, konnte wieder nichts finden, schloß die Kühlerhaube, ging prüfend um den Wagen herum, und – »*Das* ist es!« rief er plötzlich wütend.
»Was?« fragte ich naiv.
»Das!« Mein Gürtel! Er hatte sich beim Schließen der Tür eingeklemmt und war den ganzen Weg mitgeschleift worden, wobei die Schnalle das Geräusch gemacht hatte. Jetzt war das gute Stück voller Straßenkot. »Da!« sagte Robinson und warf den Gürtel mit Wucht auf meinen Schoß, wodurch auch der Mantel kotig wurde, bis auf ein paar Spritzer, die meine Frau ins Ge-

sicht bekam. »Weil du ihn auch offenlassen mußtest!« sagte sie spitz. »Das trägt man jetzt so! Daß ich nicht lache!« Sie lachte wirklich nicht.

Robinson stieg ein. »Das hat man davon!« brummte er und sah auf seine blutenden Finger.

»Ich habe es ja nicht absichtlich getan«, wagte ich zu sagen. »So etwas kann passieren.«

»Das finde ich auch«, ergriff meine Frau plötzlich unerwarteterweise meine Partei.

»So etwas kann passieren«, pflichtete Robinson ihr bei, »aber nur bei euch! Das heißt, auch bei uns, wenn man mit euch fährt.«

»Wir können ja aussteigen«, meinte meine Frau. Die Stimmung sank auf den Nullpunkt.

»Habt euch doch nicht gleich so«, versuchte Mela die aufgeregten Gemüter zu beruhigen. »Wenn wir erst im – wie heißt das Lokal?« fragte sie ihren Mann.

»La vache«, knurrte Robinson.

»Was heißt das?«

»Kuh.«

»Man wird doch noch fragen dürfen«, sagte Mela beleidigt.

»›La vache‹«, erklärte ihr meine Frau, »heißt ›die Kuh‹.«

»Danke«, meinte Mela ironisch. »Soviel Französisch kann ich noch.«

»Warum hast du dann gefragt?«

»Weil ich wissen wollte, ob *ihr* es wißt.« Die

Stimmung sank noch tiefer. Wir sprachen kein Wort mehr. Endlich kamen wir am Ziel an.
Wronsky und seine Frau Vera standen im Regen unter einem kleinen Dach vor dem Haus. Meine Frau, Mela und ich stiegen aus, Robinson fuhr einen Parkplatz suchen. »Wir müssen anderswo essen«, sagte Wronsky, »hier ist geschlossen. Das Lokal wird renoviert.«
»Schade«, bedauerte Mela. »Ich hatte mich schon so gefreut. Hier haben sie die besten Austern.«
Meine Frau und ich essen keine Austern. Wir haben nie welche gegessen und waren entschlossen, auch weiterhin keine zu essen.
»Ein Gast hat hier schon einmal eine Perle in einer Auster gefunden«, setzte Mela fort. Ich schwankte. Vielleicht sollte man es doch einmal versuchen?
Robinson hatte den Wagen geparkt. »Was ist los?« fragte er.
»Geschlossen«, sagte Mela.
»Unsinn. Ich habe doch am Vormittag einen Tisch bestellt. Der Chef hat mir gesagt, daß zwar renoviert wird, daß er aber eine Stube für Stammgäste offenhält.«
»Die Tür geht aber nicht auf«, sagte Wronsky.
»Doch. Man muß nur die Klinke stark niederdrücken.«
Ich drückte die Klinke stark nieder – die Tür ging auf. »Der Mantel!« schrie meine Frau. Ich

hatte das Schild »Frisch gestrichen!« übersehen. Fast wäre die rechte Seite meines Mantels grün geworden – auf den Schrei meiner Frau hin drehte ich mich aber schnell um, und so wurde die linke Seite grün. Meine Frau begann zu weinen.
Mela tröstete sie. »Sei doch nicht lächerlich. Der Mantel muß doch sowieso in die Reinigung.«
Mela hatte recht. Das mußte er. Es machte mir deshalb gar nichts aus, daß ein vorüberfahrender Wagen mich von oben bis unten mit dem schmutzigen Regenwasser aus der Gosse anspritzte. Wir traten ein – der Hausflur war stockfinster. Wir tasteten die Wände ab, um nach einem Knöpfchen oder Schalter zu suchen, damit wir Licht machen könnten. »Da ist etwas!« sagte ich, drückte, es wurde licht, ich sah stolz auf meine Frau, folgte ihrem entsetzten Blick und bemerkte, daß der untere Teil meines Mantels in einem Trog mit Mörtel hing. Nicht, daß der Mantel so lang gewesen wäre, aber die dummen Maurer hatten zwei Tröge aufeinandergestellt. Meine Frau kam nicht dazu mir Vorwürfe zu machen, weil im selben Moment der Besitzer des Lokals kam.
»Bon soir«, begrüßte er uns. »Darf ich bitten?«
Er führte uns in die Stube, von der Robinson gesprochen hatte. Dort war es richtig gemütlich. Wenn das Essen so gut war, wie Wronsky und

Robinson behaupteten, könnte es noch ein netter Abend werden.

Ich werde natürlich streng französisch essen, nahm ich mir vor und sah im Geist bereits das Menü vor mir: Hors d'oeuvre, Soupe à l'oignon, Tournedos aux sauce Béarnaise avec – avec was? Avec petit pois et pommes frites, Omelette soufflée au chocolat, fromage und café noir. Natürlich Dubonnet als Aperitif und Cognac als Abschluß. Wein? Rot oder weiß?

»Während wir die Speisenkarte studieren«, sagte Vera eben, »bringen Sie uns bitte Austern.«

»Oh«, meinte der Chef bedauernd, »heute, gibt keiner Austern. Sie sehen, der Lokal wird vergrößert, der Küche wird vergrößert – heute, es gibt keine französische Spezialitäten, heute, es gibt nur Vienna Snitzel.«

Dazu sind wir so weit gefahren. Was konnten wir tun? Nichts. Es gab nichts Französisches, außer dem Akzent des Chefs. Nach einer halben Stunde kamen die Schnitzel. Das Lokal wurde vergrößert, die Küche wurde vergrößert – die Schnitzel müssen verkleinert worden sein. Ich hatte so ein kleines Schnitzel noch nie gesehen. Wronsky schnitt als erster ein Stück ab, biß hinein und biß auf etwas Hartes. Es war keine Perle, auf die er gebissen hatte, es war ein Knochensplitter.

»So etwas Blödes!« schimpfte Wronsky. Das heißt, er schimpfte nicht »So etwas Blödes!«, er schimpfte »Dso etwads Blödeds!« – er hatte sich einen Vorderzahn ausgebissen. So ein Glück konnte nur er haben. Als Dentist beißt er sich einen Zahn aus. Wäre das mir passiert, hätte es mich eine Menge Geld gekostet. Der Abend ging vorüber, beim Weggehen half mir der Ober noch mit fetten Fingern in den Mantel, so daß dieser jetzt auch noch Fettflecken abbekam. Am nächsten Tag brachte ich ihn zur Reinigung.

Eine Dame übernahm ihn, machte ein bedenkliches Gesicht, sagte »Moment!« und holte den Geschäftsführer. Der Geschäftsführer betrachtete den Mantel, er machte ein bedenkliches Gesicht, sagte »Moment!« und holte den Fachmann. Der Fachmann sah sich den Mantel an, machte ein bedenkliches Gesicht, sagte aber nicht »Moment!«, sondern sagte: »Das ist ein Stoff, den wir nicht behandeln können. Für solche Gewebe gibt es eine Spezialputzerei.« Er gab mir die Adresse, ich bedankte mich und ging in die Spezialputzerei. Dort wiederholte sich der ganze Vorgang. Die Übernahmsdame machte ein bedenkliches Gesicht, sagte »Moment!« und holte den Geschäftsführer. Der Geschäftsführer machte ein bedenkliches Gesicht, sagte »Moment!« und holte den Fachmann. Der Fachmann machte ein bedenkliches Gesicht und sagte: »Das ist ein schottischer Stoff, und zwar aus dem schottischen Tiefland, da ist nichts zu wollen. Um den zu reinigen, müßten Sie ihn nach Edinburgh schicken.« Nun hatte ich einen ehemaligen Schulkameraden, von dem ich wußte, daß er in Edinburgh lebt. Über das Österreichische Außenministerium und die Britische Botschaft bekam ich seine Adresse. Ich schickte ihm den Mantel, nach sechs Wochen bekam ich ihn zurück. Der Stoff, schrieb mir mein Schulkamerad, ist wohl aus dem schottischen Tiefland, aber die grünen Farbflecken sind von einer japanischen Farbe, die kriegen sie nicht heraus, ich müsse den Mantel nach Japan schicken. Ich wartete, bis unsere Staatsoper ein Gastspiel in Tokio absolvierte, gab den Mantel einem mir bekannten Philharmoniker mit, der mir nach seiner Rückkehr mitteilte, daß die Farbe wohl ein japanisches Produkt sei, daß man aber in Japan keine Möglichkeit habe, diese Farbe aus Stoffen aus dem schottischen Tiefland herauszubringen. Wäre der Stoff aus dem schottischen Hochland, könnte man es versuchen. Am besten wäre es, wenn ich mir in Wien einen Mantel aus einem japanischen Stoff machen ließe, diesen mit japanischer Farbe beschmieren und nach Japan schicken würde. Dann könnten sie ihn mit Sicherheit reinigen. Der Philharmoniker gab nicht auf. Er wendete sich an einen japanischen Wissenschaftler, der ihm sagte: »Wir Japaner sind auf den Gebieten der Technik und der Chemie so fortschrittlich, daß wir in Kürze etwas erfunden haben werden, das uns erlaubt, japanische Farbflecken aus schottischen Tieflandstoffen herauszubringen. Wenn Sie mir folgen, lassen Sie den Mantel hier.«

Das tat er denn auch.

Seither habe ich von dem Mantel nichts mehr gehört. Ich habe die Absicht, ihn einmal zu besuchen – bis es soweit ist, schicke ich ihm an allen hohen Fest- und Feiertagen eine Glückwunschkarte.

»Das ist kein Stück für eine Premiere«, sagte die in der Zwischenkriegszeit so bekannt gewesene Frau Pollak, eine Vorläuferin von Torbergs Tante Jolesch, als sie nach einer Uraufführung das Theater verließ. Leider kann man nicht mit der zweiten Aufführung eines Werkes beginnen. Alles braucht seine Premiere – auch ein Buch. In diesem Fall nennt man die Premiere nicht Premiere, sondern Präsentation. Buchpräsentation. Lesen Sie also bitte die Geschichte meiner

Buchpräsentation

Alles hat seine Premiere – alles im Leben geschieht einmal zum *ersten* Mal. Vom ersten Schrei bis zum letzten Seufzer. Auch in der Liebe gibt es Premieren. Wie oft sagt ein Mann »Es war Liebe auf den ersten Blick« und denkt: Hätte ich einen zweiten auf sie geworfen, wäre es anders gekommen. Aber zum Thema.

Ich hatte die Präsentation meines letzten Buches. So etwas spielt sich meistens folgendermaßen ab: Der Verlag lädt die Presse ein, die Freunde des Verlages, falls er welche hat, die Hausautoren der Bestseller bis zu jenen der Restseller (Restseller sind jene Werke, von denen einige Exemplare verkauft werden, während der Rest durch eine Spezialbuchhandlung billigst abgestoßen wird), er lädt ferner einige wichtige Buchhändler ein, einige tüchtige Vertreter, Werbefachleute, Fotografen usw. Sie werden bewirtet, gehegt und gepflegt, und wenn man denkt, daß die Stimmung den Höhepunkt erreicht hat, wird der Autor des präsentierten Buches gebeten, eine Geschichte oder ein Kapitel aus seinem neuesten Werk zum besten zu geben. Der Autor ziert sich bescheiden – meistens zu kurz – und liest dann – meistens zu lang. Heute also sollte es *mich* treffen.

Ich erwachte mit furchtbaren Zahnschmerzen. »Seit wann«, sagte meine Frau, »sage ich dir schon, daß du zum Zahnarzt gehen sollst!« Ich weiß nicht, seit wann sie es mir sagte, aber sie sagte es schon seit ziemlich langer Zeit. Aber was nützte mir das jetzt? Rufen Sie einem Ertrinkenden zu: »Seit wann sage ich dir schon, daß du schwimmen lernen sollst!« – er wird *doch* ertrinken. Für ihn wie für mich ist es zu spät. Habe ich *keine* Zahnschmerzen, denke ich nicht an den Zahnarzt – habe ich welche, denke ich nicht daran, hinzugehen. »Du mußt!« sagte meine Frau. »Wie willst du abends lesen? Bis zum Abend kannst du eine Beinhautentzündung haben. Vielleicht genügt eine einfache Injektion und alles ist gut.« Ich hoffte es. Dr. Wronsky, unser Dentist, ist nicht nur ein erstklassiger Zahnarzt, er ist auch einer unserer be-

sten Freunde, er wird sich bestimmt bemühen, mich so schnell wie möglich von meinen Schmerzen zu befreien.
Meine Frau rief ihn an, unterrichtete ihn von meiner Lage und sagte ihm, daß er mich noch heute vormittag empfangen müsse. »Haha!« hörte ich einen meiner »besten Freunde« durch das Telefon lachen. »Noch heute vormittag? Ich kann ihn frühestens übermorgen um Mitternacht empfangen. Bis dahin habe ich alle Termine besetzt.«
»Du mußt ihn noch heute drannehmen!« beschwor ihn meine Frau. »Er kann nicht lesen, wenn er Zahnschmerzen hat.«
»Das verstehe ich nicht«, sagte Wronsky. »Man kann nicht lesen, wenn man kurzsichtig ist und die Brille verliert, aber wenn man Zahnschmerzen hat?«
»Er muß *laut* lesen«, erklärte ihm meine Frau. »Vor Publikum! Er hat eine Buchpräsentation.«
»Also gut«, brummte Wronsky, »er soll herüberkommen.«
Ich ging hinüber. Nicht gern, aber wer geht schon gern zum Zahnarzt. Höchstens ein Masochist. Wronsky hat seine Ordination fünf Minuten von unserer Wohnung entfernt, und doch brauchte ich eine halbe Stunde für den Weg. Ich ging langsam, weil ich hoffte, daß sich der Zahn beruhigen würde. Er beruhigte sich *nicht*. Vera, Wronskys Frau, öffnete mir die

Tür. Sie war die Ordinationshilfe ihres Mannes. Noch nicht lange. Früher hatte er eine andere: Helga. Sie war bezaubernd. Damals war es ein Vergnügen, Zahnschmerzen zu haben. Als Wronsky sie engagierte, sagte er zu ihr: »Sie können bleiben, solange Sie wollen – zumindest aber so lang, bis Sie meine Frau sieht.« Vera sah sie bald. Seither nimmt sie Helgas Platz ein. »Leider!« klagte mir Wronsky einmal seufzend. »Ich habe so hübsche Patientinnen und kann mit keiner flirten. Vera beobachtet mich wie ein Falke, der auf einen Hasen lauert.« »Er wird dich einschieben«, sagte der Falke, als er mir die Tür öffnete. »Setz dich inzwischen.« Sie führte mich in das Wartezimmer und ließ mich allein. Wenn ich sage allein, so stimmt das nicht. Es waren noch fünf andere da. Ich hätte mir mehr gewünscht. Ich hatte keine Eile dranzukommen. Ich nahm eine Illustrierte zur Hand. Herbert von Karajan, las ich, übernimmt die Direktion der Wiener Staatsoper. Wieso? Was war mit Maazel geschehen? Ich sah auf das Datum der Illustrierten – sie war aus dem Jahr 1956. Warum haben Ärzte und Zahnärzte keine neuen Illustrierten? Sie sind doch sicher auf Fachliteratur abonniert. Auch diese wäre für die wartenden Patienten interessanter als die alten Magazine. Wie gern hätte ich z. B. jetzt von einer Erfindung gelesen, welche Dentisten und Zahnärzte überflüssig macht. Von Tropfen, die keine Schmerzen mehr aufkommen lassen. Von einem Kunststoff, der ohne jedwede Behandlung sowie ohne Plomben die Löcher in den Zähnen füllt. Von einer Creme, welche lockere Zähne wieder festigt usw. Was las ich statt dessen? Witzecke. Patient (zum Arzt): »Ziehen Sie die Zähne schmerzlos?« Zahnarzt: »Nicht immer. Neulich hätte ich mir bei einem fast die Hand verstaucht.«

Wronsky erschien in der Tür zur Folterkammer. »Komm herein!« sagte er zu mir. Die anderen atmeten auf. Und komisch – mein Schmerz war verflogen. »Das kenne ich«, meinte Wronsky, »komm!« Da stand schon der Stuhl, vor dem ich, außer vor dem elektrischen Stuhl, die größte Angst habe. Vera drückte mich nieder. »Mach den Mund auf!« befahl Wronsky. Ich öffnete den Mund. »Ist es der?« Wronsky klopfte mit der Zange auf meinen Zahn.

»Nein.«

»Der da?«

»Nein.«

»Der?«

»Auch nicht.«

»Der?«

»Au!« Ich wollte aufspringen, aber Vera hielt mich mit eisernen Händen nieder. Ich hätte ihr nie eine solche Kraft zugetraut. Jetzt verstand ich auch Wronskys Respekt vor ihr.

Wronsky besah sich den Zahn durch den Rückspiegel.
»Der muß raus«, sagte er.
»Warum?« fragte ich erschrocken.
»Weil er nicht mehr zu retten ist.« Er rief Vera etwas zu, das ich nicht verstand, Vera reichte ihm etwas, das ich nicht sah, er stach es mir in heimtückischer Weise in das Zahnfleisch, wartete, während mein Herz schlug wie eine Kuckucksuhr und mein Oberkiefer gefühllos wurde wie ein Finanzbeamter. Dann sagte er: »Laß mich noch einmal sehen!« und dann: »Da liegt er.« Da lag er wirklich. Mein Zahn. Ich hatte nichts gespürt. »Wunderbar!« sagte mein Unterkiefer, mein Oberkiefer war tot. »Und was geschieht *jetzt*?«
»Jetzt geschieht gar nichts«, klärte Wronsky mich auf.
»Jetzt gehst du nach Hause, morgen kommst du wieder, Vera wird dir einen Termin geben –«
»Acht Uhr«, warf Vera ein.
»Dann ziehen wir die anderen Zähne«, setzte Wronsky fort, »und übermorgen machen wir einen Abdruck für die Brücke.«
»Was für andere Zähne? Was für eine Brücke?« rief ich außer mir.
»Es müssen noch zwei oder drei Zähne gezogen werden. Das kann ich dir aber erst nach der Röntgenaufnahme sagen. Danach richtet sich dann die Brücke.«

»Und heute?« fragte ich verzweifelt. »Ich muß doch lesen!« Ich betrachtete mich im Spiegel. Es war der rechte Vorderzahn, den Wronsky gezogen hatte. Mein Gebiß sah aus wie eine halb geöffnete Flügeltür.
»Für heute bekommst du ein Provisorium.« Er klebte mir einen Zahn ein. »Sitzt er?« fragte er. Er saß, wenn auch nicht fest.
»Er muß noch trocknen«, beruhigte mich Vera, während sie mich zur Tür begleitete. »Wenn du das Gefühl hast, daß er locker wird, spann deine Oberlippe – das fixiert ihn wieder. »Ich stellte mich vor den Spiegel und spannte die Oberlippe. Es sah aus, als würde ich lächeln. Und doch – es war herrlich. Für heute hatte ich einen Zahn, der nicht schmerzte, und an morgen wollte ich nicht denken. Ich eilte die Trepp hinunter und stieß beim Haustor mit einem Mann zusammen.
»Na?« schrie er wütend. »Können Sie nicht aufpassen?«
Ich spannte die Oberlippe.
»Sie lächeln noch statt sich zu entschuldigen? Verschwinden Sie, oder ich gebe Ihnen eine Ohrfeige!« Ich verschwand.
Ich rannte über die Straße und hörte zwei Bremsen quietschen. Zwei Autobremsen. Ein Polizist kam auf mich zu. »Sind Sie verrückt?« fragte er. »Sehen Sie nicht, nach welcher Richtung ich zeige?« Ich spannte die Oberlippe. »Lä-

cheln Sie nicht!« schrie er plötzlich. »Sonst mache ich die Anzeige! Gehen Sie!« Ich ging.
»Trottel!« rief mir ein Autofahrer nach. »Idiot!« der andere.
Ich kam nach Hause. »Na also!« sagte meine Frau. »Du lächelst ja.« »Ich lächle nicht!« rief ich verzweifelt. »Ich spanne meine Oberlippe, weil sonst der Zahn nicht hält! Und morgen werden mir noch zwei weitere gezogen! Und eine Brücke bekomme ich auch!« Meine Frau riet mir, ein Pulver zu nehmen und mich ins Bett zu legen. Das tat ich.
Der Abend kam. Kritiker, Kollegen, Buchhändler, Vertreter, Werbeleute und Fotografen waren, wie ich später hörte, von meinem Charme begeistert. Besonders mein Lächeln hatte es ihnen angetan. Ich begann zu lesen. Der Zahn lockerte sich. Ich spannte meine Oberlippe. Der Zahn wackelte von vorn nach hinten und von hinten nach vorn. Ich babbelte, brabbelte, blubberte, lispelte, zischte und zischelte. Der Zahn wackelte jetzt auch von links nach rechts. Er löste sich, er kam auf die Zunge, ich schluckte ihn. Die Zuhörer bogen sich vor Lachen. Beschämt schlich ich nach Hause.
Am nächsten Tag erschien bereits die Kritik. »Das neueste Buch Hugo Wieners«, schrieb der Rezensent, »scheint, wenn man nach einer kurzen Kostprobe urteilen darf, eines seiner lustigsten zu sein. Die Anwesenden schrien vor Ver-

gnügen, was zum Teil auch der exzellenten Vortragsweise des Autors zu danken ist. Wenn das kein Bestseller wird?!«

Es wurde keiner. Man verkaufte einen Teil der Auflage des Buches – dann kam es zu den Restsellern.

Österreich ist ein glückliches Land!
Wenn man den Werbesendungen des Österreichischen Fernsehens trauen darf, haben wir Österreicher nur zwei Probleme: Wie beseitige ich meinen Mundgeruch und wie halte ich meine Achselhöhlen trocken. Die Werbung ist ein eigenes Kapitel. Ich könnte ihnen Dinge erzählen ...!
Aber warum erzählen? Lesen Sie selbst!

Das Werbefernsehen

Fernsehen ist schön. Ich liebe es. Fernsehen ist eine Art von Unterhaltung, bei der man immer hofft, daß sie noch zur Unterhaltung werden könnte. Zugegeben, es gibt viele Programme, bei denen man seine eingeschlafenen Füße beneidet – und doch! Wenn ich am Abend frei bin, bin ich vom Fernsehapparat nicht wegzubringen. Anders meine Frau. Meine Frau ginge lieber ins Theater, ins Kino, in ein schickes Restaurant – aber ich? Fernsehen!
Neulich kam ich am Spätnachmittag nach Hause, lag ein rohes Stück Fleisch am Tisch, daneben ein Stück Butter, etwas Mehl, Salz und Pfeffer sowie ein Zettel: »Bin bei meiner Mutter; wie man aus den vorbereiteten Zutaten eine Mahlzeit bereitet, erklärt dir der Fernsehkoch um 18 Uhr 30.«
Trotzdem! Ich liebe das Fernsehen. Ich finde,

daß es zur Konversation beiträgt, besonders an Abenden, an denen es nicht funktioniert. Aber das war ja am Anfang des TV-Zeitalters, als noch nicht jeder sein eigenes Gerät besaß, viel schlimmer. Damals kamen sie alle, die Freunde und Bekannten, um das Wunder zu bestaunen. Am Abend kam ich mir vor wie ein Billeteur. Ich mußte die Stühle aufstellen, mußte jeden zu seinem Platz führen, Brötchen herumreichen – und alles, ohne ein Wort zu reden. Man durfte ja nicht stören. Mein kleiner Neffe glaubte bis zu seinem fünften Lebensjahr, daß er »Pst« heißt. Sooft er den Mund auftat, machten alle »Pst!«.

Und doch – ich liebe das Fernsehen! I love it! Ich schreibe ja für es. (Falls Sie, geneigter Leser oder Sie, schöne Leserin, das »Für es« stört, dürfen Sie unbedenklich »dafür« lesen. Oder »fürs«.) Für das Fernsehen schreiben ist lustig. Und das lustigste in allen Fernsehbetrieben ist die Unterhaltungsabteilung. Dort sind die traurigsten Menschen des ganzen Unternehmens beisammen. Die einen, die man ihres Humors wegen genommen hat, haben diesen in der Zusammenarbeit mit den anderen verloren – die anderen haben nie einen besessen. Die letzteren sind die Chefs. Einem solchen las ich einmal aus einem Manuskript folgenden Gag vor:

Ein Ausländer geht in London, im dichtesten Nebel, eine Treppe hinunter und stößt auf einen

anderen, der in total durchnäßten Kleidern die Treppe heraufkommt. Der erste fragt: »Tell me, Sir, geht es hier zur nächsten Untergrundbahn?«
Darauf der Zweite: »Nein, zur Themse. Ich komme von dort.«
Ich erwartete, daß der Unterhaltungsboß lachen, lächeln oder zumindest schmunzeln werde. Nichts von alledem. Er sah mich bloß interessiert an und fragte: »Und was sagte der erste?« In diesem Augenblick haßte ich ihn. Er hatte mich, ohne es zu wissen, um meine Pointe betrogen. Ich antwortete: »Der erste sagte ›Danke‹ und kehrte um.« Ich mußte ja etwas sagen. Aber jetzt lachte er, daß sich die Fernsehwände bogen und das Defizit wackelte. »Das machen wir!« rief er. »Schon dieses Gags wegen!« Die Sendung wurde wirklich gemacht, der Gag wurde vom Regisseur gestrichen, was aber der Boß nicht bemerkte. Für das Fernsehen schreiben ist lustig.
Und doch! Ich liebe das Fernsehen! Es gibt Menschen, die sagen, das Fernsehen habe zwei schlechte Dinge: die Werbung und das Programm. Meine Frau *liebt* die Werbung. Neulich war es wieder so weit. Die Werbung war vorüber, ich schaltete das Gerät aus, weil wir Freunde erwarteten und noch einiges vorbereiten mußten. So mußten wir zum Beispiel die feinen Zigaretten und die guten Kekse, die noch

auf dem Tisch standen, verstecken. Unsere Freundin hatte nämlich die Gewohnheit, ein Keks nach dem anderen zu essen, während ihr Gatte bei jedem Stück sagte: »Iß nicht so viel!« und dazu unsere Zigaretten rauchte. Wir tauschten also die Zigaretten gegen weniger feine und die Kekse gegen weniger teure aus. Schließlich soll man seine Mitmenschen weder zum Rauchen noch zum Dickwerden verleiten. Unsere Freundin hat sowieso immer mit ihrem Gewicht zu kämpfen. Ich weiß nicht, ob Sie, geneigter Leser, oder Sie, schöne Leserin, schon die neuen Waagen kennen, die keine Karten mehr auswerfen, sondern das Gewicht durch einen kleinen Lautsprecher dem Interessenten direkt ins Ohr flüstern. Unsere Freundin stieg neulich auf eine solche Waage, worauf die Waage keuchend sagte:
»Immer nur einer, bitte!«
Aber zurück zum Fernsehen.
»Heute war es wieder gut!« sagte meine Frau.
Mich riß es herum.
»Gut?« fragte ich. »Dir hat das gefallen? OMO zwischendurch?«
Meine Frau belehrte mich: »OMO ist nicht zwischendurch, zwischendurch ist GENIE. OMO hat den TAED-Test und wird von 20 Waschmaschinenmarken empfohlen.«
Ich war baff.
»Das merkst du dir alles?« fragte ich.

»Ja!« sagte meine Frau stolz, worauf ich nur ein bewunderndes »Cremissimo!« hervorstieß.
»Nicht beneiden«, sagte sie mit den weisen Worten von Dianas Franzbranntwein, »Nachmachen! Du würdest dir auch alles merken, wenn du Doktor Bauers Vitaminkapseln nehmen würdest. Nur echt mit dem Elefantenkopf!« Dabei tippte sie an mein Haupt.
»Hör schon auf mit diesen Werbeslogans!« brummte ich gereizt und schlug mit der Faust auf den Tisch.
Das hätte ich nicht tun sollen.
»Zertrümmere nicht den gefälligen Wohnzimmertisch von Pulk & Papanek!« rief sie. »Volleiche, ab 800 Schilling!«
»Und du«, konterte ich, »knirsche nicht mit den Zähnen!« Aber da kam ich schlecht an.
»Ich kann knirschen, soviel ich will!« sagte sie triumphierend. »Ich putze ja meine Zähne mit Idol!«
»Nur echt mit dem gebremsten Schaum vor dem Mund!« erwiderte ich höhnisch. »Meinetwegen putz sie dir mit Mautner-Senf in der vergnüglichen Plastiksprühflasche, aber laß mich in Frieden!«
Nun wurde sie persönlich. »So also bist du!« sagte sie. »Als du während unserer Verlobungszeit zu meinen Eltern kamst, wußte ich nicht, wie jähzornig du bist!«
Jetzt ging es frischwärts. »Damals«, sagte ich

mit einem ganz gemeinen Lustgefühl, »habe ich mich ja auch sehr beherrscht! Erst zu Hause bin ich ins Schlafzimmer gerannt und habe in die Schaummatratze gebissen!« Und setzte hinzu: »Es gibt viele Schaummatratzen – aber nur *eine* Sembella!«

Das war 1:0 für mich. Sie tat mir leid und ich lenkte ein: »Ich mach dir einen Vorschlag. Reden wir einige Minuten nichts, dann werden wir diese dumme Werbung vergessen.«

Meine Frau war einverstanden, was nicht immer der Fall ist. Wir setzten uns.

»Ah!« seufzte ich behaglich, streckte die Füße aus und sagte: »Eine Wohltat!«

»Du fängst schon wieder an!« schrie sie.

»Ich?«

»Ja, du! Du hast gesagt: ›Eine Wohltat‹ – und eine Wohltat ist das Efasit-Fußbad.«

Ich sprang verzweifelt auf. »Ich kann nichts dafür!« rief ich. »Ich wollte stumm bleiben wie ein Fisch!«

»Vickinger«, beruhigte sie sich. »Jetzt auch in der formschönen Familienpackung bei Ihrem Fachhändler.«

»Jetzt hast *du* angefangen!« schrie ich hysterisch und riß mir ein paar Haare aus, was ich sofort bedauerte. Haare sind bei mir Mangelware.

Diesmal lenkte meine Frau ein. »Willst du etwas trinken?« erkundigte sie sich liebenswürdig.

»Was hast du?«
»Almdudlerlimonade!«
»In der großen Trachtenpärchenflasche?« rief ich freudig überrascht.
»Genau das!« sagte sie.
Es läutete.
»Das sind die Pfandls!« Ich ging zur Tür, um sie einzulassen. Im Vorzimmer sah ich meinen Freund erstaunt an.
»Wie kommt das?« fragte ich ihn. »Deine Wäsche ist ja viel weißer als meine?«
»Das macht Ariel«, sagte unsere Freundin und blickte verzückt auf den Hemdkragen ihres Mannes. »Ariel' rein und alles ist rein!«

Schluß mit der Werbung, ich mag sie nicht. Und das Verwerfliche an ihr ist, daß sie sich meist nackter Mädchen als Blickfang bedient. Früher hatte ich nichts gegen nackte Mädchen, heute verabscheue ich sie. Ich bin dahintergekommen: Ein nacktes Mädchen ißt, trinkt oder macht auf etwas aufmerksam, was ein anderer verkaufen will. Das heißt ... ich muß morgen mit meinem Verleger reden. Ob es nicht gut wäre? Ein nacktes Mädchen mit diesem Buch in der Hand ...?

Manche Konversation könnte durch den öfteren Gebrauch von vier einfachen Wörtern um vieles verbessert werden. Sie lauten: »Ich weiß es nicht!«

(André Maurois)

Wie ein Krieg entsteht

»Wir sind Pinagls noch eine Einladung schuldig. Du weißt, von den letzten Weihnachten her«, erinnerte mich meine Frau.

Ich hatte sehr viel zu tun und war strikte dagegen – also wurden sie eingeladen. Aber kurzfristig. Darauf bestand ich. Bei kurzfristigen Einladungen hat man immerhin noch die Chance, daß die Gäste bedauern. Bereits vergeben, ein andermal usw.

Aber Pinagls bedauerten nicht. Sie waren nicht vergeben, und es gab kein andermal. Sie kamen. Mit Sohn Paul, acht. Tochter Susi, sechs, hatten sie zu Hause gelassen.

Wir sprachen von diesem und jenem, ich erfuhr, daß Herr Bruck mit seiner Freundin gebrochen hat, daß Frau Oberstädter eine neue Perücke besitzt, daß die Reinholds sich gar nicht leisten können, so zu leben, wie sie leben, daß die Kahns einen neuen Wagen gekauft haben und die Brunners ein altes Weekendhaus, daß Frau Meisl nicht weiß, wie man eine Zwiebelsuppe kocht, daß Dr. Eidlitz ein glänzender Psychiater

ist, daß Weißhappel die Tochter seines Geschäftspartners heiraten wird, daß Pelzers in Scheidung sind, weil Frau Pelzer nicht, wie sie angab, mit ihrem Rheuma in Gastein, sondern mit ihrem Freund auf den Bahamas war, daß die Waldners am Samstag eine gebratene Ente hatten, während Pinagl jedes Paar Schuhe, das er sich kauft, auf der linken Seite drücken, daß Frau Rödinger eine unsympathische Person ist und Herr Sommer Elefanten sammelt – kurz, ein Thema jagt das andere, bis wir, wie das heute so üblich ist, bei der Politik landeten.
Zuerst schimpften wir auf die eigenen Politiker, dann auf die anderen, wir sprachen von Revolutionen, Terrorismus und Kriegen, bis Paul, acht, der bis jetzt geschwiegen hatte, plötzlich fragte: »Wie entsteht eigentlich ein Krieg, Papi?«
Papi, alias Pinagl, sagte: »Das werde ich dir erklären, mein Kind. Nimm zum Beispiel an, Schweden und Dänemark hätten eine Meinungsverschiedenheit. Da würden – –«
»Du erklärst ihm das schlecht«, unterbrach Frau Pinagl ihren Gatten. »Warum sollten Schweden und Dänemark eine Meinungsverschiedenheit haben?«
»Ich sage ja nicht, daß sie eine haben sollen, ich sage ja nur, daß Paul das annehmen soll.«
»Damit machst du aber das Kind dumm«, meinte Frau Pinagl.

»Da hat Ihre Gattin recht«, mischte sich nun meine Frau ins Gespräch. »Damit machen Sie das Kind dumm.«
»Was meinen *Sie?*« wandte sich Pinagl an mich. Pinagls waren meine Gäste, ich mußte also diplomatisch sein. Anstatt Pinagl zu sagen, daß ich ihn für einen Trottel halte, antwortete ich: »Ich finde, Sie sollten andere Staaten wählen.«
»Die Staaten sind doch in diesem Fall gleich«, meinte Pinagl, etwas gereizt. »Ich will doch dem Jungen nur den Krieg erklären.«
»Wie kannst du ihm den Krieg erklären?« fragte Frau Pinagl, ebenfalls gereizt. »Bist du eine Großmacht?«
»Regen Sie sich doch nicht auf, gnädige Frau«, beruhigte ich Frau Pinagl. »Ihr Mann will dem Kind nicht den Krieg erklären. Er will ihm nur erklären, wie ein Krieg entsteht.«
»So ist es!« sagte Pinagl und warf seiner Frau einen wütenden Blick zu. Dann wandte er sich wieder an das Kind: »Nimm an, ich wäre der Präsident von Frankreich.«
»Du?« lachte seine Frau kurz und schrill. »Du kannst doch nicht einmal Französisch!«
»Das ist doch nicht wichtig!« sagte Pinagl, jedes Wort akzentuierend.
»Nicht wichtig?« lachte seine Frau wieder. »Für einen Präsidenten von Frankreich ist es nicht wichtig, daß er Französisch kann!«
»Da hat Ihre Frau schon recht«, meinte mein

Sonnenschein. »Ein Präsident von Frankreich muß Französisch können.«
»Du misch dich nicht drein«, bat ich.
»Warum nicht?« meinte meine Frau hitzig. »Weil ich behaupte, daß der Präsident von Frankreich Französisch können muß?«
Sie verbündete sich ganz offensichtlich mit Frau Pinagl. Da mußte ich vorsichtig sein.
»Herr Pinagl kann ja einen anderen Staat wählen. Nimm an«, wandte ich mich an Paul, »dein Papi wäre der englische Ministerpräsident.«
»Englisch kann er doch auch nicht«, sagte Frau Pinagl verächtlich.
»Jetzt hör schon mit den Sprachen auf!« Herr Pinagl schlug mit der Faust auf unseren Guglhupf, der bereits auf dem Tisch stand. Dann schrie er den Jungen an: »Nimm an, ich wäre der Präsident der Schweiz, und die Schweiz hätte eine Meinungsverschiedenheit mit Deutschland.«
»Ausgerechnet die Schweiz!« meinte Frau Pinagl höhnisch. »Ein Land, das immer neutral ist.«
»Deshalb kann es doch eine Meinungsverschiedenheit mit Deutschland haben!« schrie Pinagl wieder. »In einem solchen Fall«, wandte er sich an den Jungen, »würde der Schweizer Botschafter in Bonn zu dem deutschen Bundeskanzler gehen und würde ihm eine Note überreichen.«

»Was für eine Note?« fragte das Kind. »Do, re, mi, fa, sol, la, si, do?«

»Keine musikalische Note! Eine diplomatische Note!« schrie Pinagl.

»Was ist eine diplomatische Note?« fragte Paul wieder.

»Eine diplomatische Note ist ... eine diplomatische Note ist ...« Pinagl stotterte herum, wandte sich an seine Frau und sagte höhnisch: »Erkläre doch *du* deinem Sohn, was eine diplomatische Note ist.«

»Erstens ist er nicht nur *mein* Sohn, sondern auch *dein* Sohn!« gab Frau Pinagl zurück. »Und wenn du ihm den Krieg erklärst, dann erkläre ihm auch, was eine diplomatische Note ist.«

»Eine diplomatische Note«, warf ich ein, »ist eine schriftliche Mitteilung, die die Regierung des einen Staates der Regierung des anderen Staates macht. In diesem Fall die Regierung der Schweizer Eidgenossenschaft der Regierung der deutschen Bundesrepublik.« Stolz ließ ich meinen Blick über die Runde schweifen, um zu sehen, welchen Eindruck es machte, daß ich den vollen Namen der beiden Nationen wußte. Dann setzte ich fort: »Um es faßlicher zu machen, der deutsche Bundeskanzler würde eine Note von deinem Vater bekommen, der ja der Präsident der Schweizer Eidgenossenschaft ist.«

»Mein Papi ist der Präsident der Schweizer Eidgenossenschaft?« fragte Paul verwundert.

»Nein!« schrie seine Mutter. »Und Sie«, wandte sie sich an mich, »sollten dem Kind nicht solche Flausen in den Kopf setzen. Der Bub ist imstande und erzählt morgen in der Schule, daß sein Vater der Schweizer Bundespräsident ist!«
»Wenn Ihr Sohn so naiv ist ...«, sagte ich.
»Naiv? Hast du gehört, Richard?« fragte sie ihren Mann. Und dann zu mir: »Sagen Sie gleich, daß wir einen verblödeten Sohn haben!«
»Das habe ich nicht behauptet ...« sagte ich, nun auch etwas lauter.
»Du hättest es aber behaupten sollen!« schrie nun auch meine Frau. »Wenn ein Kind heute nicht weiß, wie ein Krieg entsteht, dann ist es bestimmt nicht gescheit!«
»Wollen Sie damit sagen, daß unser Paul dumm ist?«
»Ja, das will ich sagen!«
»Und ich auch!« sekundierte ich meiner Frau.
Frau Pinagl erhob sich. »Kommt, wir gehen! Es tut uns leid, daß wir gekommen sind!«
»Und uns tut es leid, daß wir Sie eingeladen haben!«
Frau Pinagl war ganz Würde. »Paul, vergiß deine Handschuhe nicht! Richard, dein Hut!«
Sie rauschten zur Tür hinaus.

Während sie im Lift hinunterfuhren, dürfte Paul sich gedacht haben: »Jetzt weiß ich, wie ein Krieg entsteht!«

Wenn man ein gewisses Alter erreicht hat, kennt man bereits so viele Menschen, daß einem jeder zweite bekannt vorkommt.

Der bekannte Unbekannte

Meine Frau merkt sich keine Gesichter. Wenn jemand auf uns zukommt, um uns zu begrüßen, flüstere ich ihr schnell den Namen des Betreffenden zu, und sie ist im Bilde. Nicht immer. Es kam auch schon vor, daß ich ihr im letzten Moment noch »Bolzknopf« zuraunte und sie den Näherkommenden strahlend mit »Welche Überraschung, Herr Holzkopf!« begrüßte. Aber das sind Einzelfälle.

Heute gingen wir über den Ring zum Schwarzenbergplatz, als uns ein großer, schlanker, gutaussehender Herr entgegentrat. Meine Frau warf mir einen hilfesuchenden Blick zu, aber es war zu spät. Erstens konnte ich ihr nicht mehr sagen, wer der Herr war, und zweitens wußte ich es diesmal selbst nicht.

»Guten Abend!« sagte er herzlich. »Sie erinnern sich doch? Sommer 1973.«

An den Sommer 1973 erinnerten wir uns, aber an ihn nicht.

»Wie geht es?« erkundigte er sich.

»Danke!« sagten wir beide. Damit war nichts

verhackt. Nur fort! Eben wollte ich sagen, daß wir schnell weitermüßten, als meine Frau unerklärlicherweise fragte: »Wie geht es Ihrer Gattin?«

»Gattin?« fragt der Herr verwundert. »Ich bin nicht verheiratet.«

»Natürlich!« lachten wir beide ziemlich dumm. Ich wollte ihm eben gestehen, daß wir ihn gar nicht kennen, aber er ließ es nicht dazu kommen.

»Die Dame, die Sie meinen und mit der ich immer in Ihrer Gesellschaft war, war meine Freundin. Sie wissen doch: Martha.«

Nichts wußten wir. Ich kenne keine Martha, außer die von Flotow.

»Warum haben Sie das nicht gesagt?« fragte meine Frau.

»Es war mir peinlich«, antwortete der edle Fremde. »Schließlich bestand die Gesellschaft aus lauter Ehepaaren, und da war es mir unangenehm ...«

»Unsinn!« sagte meine Frau. »Mir hätte das nichts ausgemacht.«

Bei ihm. Wenn *ich* eine Freundin hätte, würde es ihr sicher etwas ausmachen. Aber wer war der Mann? Unwichtig.

»Sie entschuldigen«, sagte ich. »Wir müssen weiter.«

Im selben Moment wechselte die Verkehrsampel auf Rot. Wir waren gefangen.

»Wie geht es Martha?« fragte meine Frau, das Schicksal herausfordernd.
»Ich weiß es nicht«, sagte der schöne Unbekannte. »Sie ist zu ihrem Mann zurückgekehrt.« Martha, Martha, du entschwandest. Aber mit wem reden wir da?
»Sie wissen doch«, der Generaldirektor, der einmal unten aufgetaucht ist.«
Welcher Generaldirektor? Wo unten?
»Ja, ja, der Dicke!« sagte meine Frau, als ob sie es wüßte. Vielleicht weiß sie es? Aber nein. Denn der Fremde sagte verwundert: »Dick? Marthas Mann ist eher dünn.«
Schuld der Massenmedien. Ober haben Sie auf der Bühne, im Fernsehen oder Film jemals einen dünnen Generaldirektor gsehen? Dünn sind die Buchhalter, Mörder und Detektive. Aber ich mußte meiner Frau aus der Patsche helfen.
»Du meinst den andern«, sagte ich schnell.
»Welchen andern?« fragte sie naiv, als ob sie nicht wüßte, was sie mir mit dieser Frage antat. Aber ich gab nicht auf.
»Den Dicken«, sagte ich, mit offenen Augen ins Unglück rennend. »Den Dicken, der immer *dort* war, wo *wir* waren, *wenn* wir wo waren.« Ich sprach bereits wie Nostradamus, wenn er sich mit dem Orakel zu Delphi unterhielt.
»Sie meinen Ottenschlag«, kam mir der Herr zu Hilfe.

»Sehr richtig!« sagte ich erleichtert. »Ottenschlag! Der Name lag mir auf der Zunge.« Wer ist Ottenschlag?
»Sie wissen doch, was er angestellt hat?«
»Ottenschlag? Nein.«
»Er hat als Sekretär von Marthas Gatten drei Millionen an Firmengeldern unterschlagen und ist durchgegangen.«
Die Nachricht traf mich wie ein Peitschenhieb.
»Der gute, alte Ottenschlag?« stammelte ich. Wer war Ottenschlag? Wer war der Mann, mit dem wir sprachen?
»Übrigens«, fiel ihm ein, »habe ich gestern Stransky getroffen. Sie erinnern sich doch? Der beim Strandfest ins Wasser fiel.«
»Haha!« lachte ich. Bei welchem Strandfest? In welches Wasser?
»Du kennst ihn?« fragte meine Frau, die anscheinend dachte, daß ich wüßte, wer unser Gesprächspartner war.
»Natürlich!« war ich gezwungen, zu antworten. »Du doch auch. Wir waren doch einmal zu dritt bei dem Dings – na, wie heißt er nur ...«
»Wintersteiner«, sprang mir der Herr bei. »Sonst gibt es ja in dem Nest nichts!«
»Stimmt!« sagte ich. »Bei Wintersteiner, in der Konditorei.«
»Wintersteiner ist ein Weinlokal«, meinte der Herr.
»Ich weiß es«, sagte ich überlegen. »Ich wollte

eben sagen: In der Konditorei waren wir *nicht*, also muß es das Weinlokal gewesen sein. Wintersteiner hat nämlich auch eine Konditorei.
»Wo?« fragte der Herr interessiert.
»Dort unten!« sagte ich. »Wo Stransky ins Wasser fiel.«
»Dort gab es zwei Konditoreien. Welche davon gehört Winterstein?«
»Beide«, behauptete ich.
Der Fremde war plötzlich erregt. »Na warte!« sagte er grimmig. »Meine Firma hat ihm einen Kredit von 240.000 Schilling auf den Holzplatz gegeben, und er behauptet, zahlungsunfähig zu sein.«
»Ist er ja auch«, meinte ich.
»Wieso? Die Konditoreien sind doch Goldgruben.«
»Die eine«, sagte ich. »Die andere nicht. Was er in der einen verdient, muß er in die andere hineinstecken.«
»Und das Schwimmbad? Und die Sauna?« Der Herr wurde wütend. »Beides höchst lukrativ. Wir werden Wintersteiner auf Rückzahlung des Kredits klagen. Noch dazu, wo er uns verschwiegen hat, daß die Konditoreien ihm gehören.«
Armer Wintersteiner! Ich habe es nicht gewollt. Wenn ich wüßte, mit wem ich da spreche, könnte ich vielleicht ein gutes Wort für Wintersteiner einlegen. Aber ich wußte es nicht.

»Ich habe vielleicht noch eine Neuigkeit für Sie«, begann der Herr wieder. Seine Erregung hatte sich gelegt. »Evelyn hat sich verlobt.«
»Nein!!« Meine Frau war überrascht. Wer war Evelyn? »Mit wem?« fragte sie.
»Mit dem kleinen Konsul, mit dem sie immer Tennis gespielt hat.«
»Mit dem?« lachte meine Frau. »Das hätte ich mir nicht gedacht.«
Ich auch nicht. Ich hätte Evelyn einen besseren Geschmack zugetraut. Das heißt, welcher Evelyn? Mit welchem Konsul hatte sie sich verlobt?
»Im Juli soll schon die Hochzeit sein«, hörte ich unseren Unbekannten sagen. »Sie werden doch kommen?«
»Wenn Evelyn uns einlädt?« meinte meine Frau.
»Na hören Sie?!« zerstreute der Herr unsere Bedenken. »Sie wird sich glücklich schätzen, so prominente Hochzeitsgäste zu haben. Aber dort kommt mein Wagen. Sie entschuldigen mich. Auf Wiedersehen!«
»Auf Wiedersehen!« sagten auch wir und drückten ihm die Hand. Dann gingen wir weiter.
»Wer war der Mann?« fragte ich meine Frau.
»Das fragst du *mich?*« staunte sie. »Das weißt doch *du* immer.«
»Ich habe keine Ahnung!« mußte ich zugeben. Wir wußten, daß Martha, seine Freundin, zu

ihrem Mann, dem Generaldirektor, zurückgekehrt war, daß Ottenschlag drei Millionen gestohlen hat, daß Stransky bei einem Strandfest ins Wasser gefallen war, daß Wintersteiner 240.000 Schilling auf seinen Holzplatz aufgenommen hat, daß Evelyn im Juli den kleinen Konsul heiraten wird – nur wer der Mann war, von dem wir das alles erfahren hatten, wußten wir nicht.
Plötzlich rief eine Stimme hinter uns: »Herr Doktor!«
Wir drehten uns um – es war der Unbekannte.
»Ich vergaß, Sie etwas zu fragen«, sagte er. »Es handelt sich um meine Mutter. Ich möchte sie gerne einmal durchuntersuchen lassen. Dürfte ich Sie fragen, wann Sie ordinieren?«
»Nach telefonischer Übereinkunft«, sagte ich.
»Danke. Auf Wiedersehen, Herr Primarius!«

Nun hatten wir eine Befriedigung: wir wußten wenigstens, wer *wir* waren.

Eitelkeit ist die unter uns Menschen meistverbreitete Eigenschaft. Man ist eingebildet, hochmütig, selbstgefällig, arrogant, aufgeblasen, affektiert, angeberisch – und was es sonst noch an Synonymen für »Eitelkeit« gibt. Ich bin eine der wenigen Ausnahmen. Ich bin weder eingebildet noch hochmütig, weder arrogant noch affektiert – und ich bin stolz darauf. Aber sonst, wohin man schaut, überall:

Eitelkeit

Wir saßen wieder einmal im Kaffeehaus: Robinson, Joschi und ich. Plötzlich stürzte Wronsky herein: »Habt ihr auch eine Einladung bekommen?« fragte er. Wir hatten.
Es handelte sich um eine gedruckte Einladung eines gemeinsamen Bekannten namens Merischl, den wir seit Jahren nicht mehr gesehen hatten. Er verständigte uns, auch im Namen von Gattin Josefa, von der am 29. 9. d. J. stattfindenden Vermählung seiner Tochter Gerlinde mit Herrn Ing. Heinz Meyer – während uns auf derselben Einladung Herr Max Meyer und Gattin Friederike, von der am 29. 9 d. J. stattfindenden Hochzeit ihres Sohnes Ing. Heinz Meyer mit Fräulein Gerlinde Merischl Mitteilung machten. So weit, so gut. Das ist so üblich, das war nicht merkwürdig. Netterweise baten uns beide Elternpaare, dem nach der Trauung statt-

findenden Essen beizuwohnen. Auch das ist nichts besonderes – und was wir ganz reizend fanden: Der Einladung lag eine Karte bei, auf der man bloß auszufüllen hatte, mit wievielen Personen man an der Tafel teilnehmen wolle. Und jetzt kommt das Sonderbare: Die Einladung war in englischer Sprache abgefaßt, und als mich meine Frau fragte, wo das Essen stattfinde, las ich: New York, Waldorf-Astoria. Das hatte für jeden von uns seine Folgen.
»Da siehst du«, meinte meine Frau, »wie andere Leute es verstehen, Geld zu machen. Was war dieser Merischl in Wien? Nichts. Er hatte den Mut, nach den Staaten auszuwandern, in Brooklyn ein kleines Herrenkleidergeschäft aufzumachen und heute? Heute hat er den größten Herrenkleidersalon New Yorks, mit Filialen in Los Angeles, San Francisco und vielen anderen Städten.«
»Woher weißt du das?« fragte ich verwundert. »Wir haben seit Jahren nichts mehr von ihm gehört?«
»Das ist doch klar«, antwortete meine Frau mit der größten Selbstverständlichkeit. »Könnte er es sich sonst leisten, nach der Trauung seiner Tochter ein Essen im Waldorf-Astoria zu geben? Weißt du, was das heißt?«
Ich wußte es. Das Waldorf-Astoria ist das teuerste Hotel von New York.
»Um dort ein Hochzeitsessen zu veranstalten«,

setzte meine Frau fort, »muß einer schon sehr vermögend sein. Oder könnten *wir* die Hochzeit unserer Tochter im Waldorf-Astoria feiern?«

»Wir haben keine Tochter«, warf ich schüchtern ein.

»Ein Glück. Was könnten wir ihr denn schon bieten? Das arme Kind würde sich die Augen aus dem Kopf weinen, wenn es hörte, wie andere Mädchen leben. Weißt du, was heute ein Brautkleid kostet? Eine Wohnung? Eine Aussteuer? Gar nicht zu reden von der Mitgift! Nichts könnten wir ihr geben! Nichts!« Sie schluchzte. Auch ich bekam feuchte Augen. Es war wirklich ein Glück, daß wir keine Tochter hatten. »Ich habe dir immer gesagt«, sprach meine Frau weiter, »gehen wir nach den Staaten! Du könntest heute der bestbezahlte Televisionautor von ganz Amerika sein!«

»Das könnte ich *nicht*«, versuchte ich ihr beizubringen. »Wenn wir nach den Staaten gegangen wären, wäre ich höchstens ein kleiner Ghostwriter eines anderen kleinen Ghostwriters, der wieder der Ghostwriter eines dritten kleinen Ghostwriters wäre. An die großen kommt man nicht heran. Um in Amerika zu Geld zu kommen, hätte ich den Beruf wechseln müssen.«

»Du den Beruf wechseln?« fragte meine Frau ironisch. »Was hättest du schon werden können?«

»Das weiß ich nicht«, entgegnete ich gereizt. »Vielleicht Angestellter bei Merischl.«

Ähnliche Szenen erlebten auch meine Freunde.

»Wenn wir nach den Staaten gegangen wären wie Merischl«, warf Mela Robinson ihrem Gatten vor, »damals, wie ich es dir gesagt habe, wärst du heute ein Staranwalt!«

»Unsinn«, brummte Robinson. »Man hätte mich gar nicht zugelassen. Ich hätte das amerikanische Recht studieren müssen, Prüfungen ablegen müssen – alles in englischer Sprache ...«

»Na und?« unterbrach ihn Mela. »Das kann doch nicht so schwer sein! Was war denn Truman, bevor er Präsident geworden ist? Advokat!«

»Du irrst«, sagte Robinson. »Truman hatte ein kleines Herrenmodengeschäft.«

»Genau wie Merischl!« rief Mela. »Du wirst sehen, Merischl wird noch Präsident der Vereinigten Staaten werden!«

»Nach den Staaten hätten wir gehen müssen!« klagte auch Vera Wronsky. »Ich habe es dir gesagt, aber du wolltest ja nicht auf mich hören! Du hattest Angst, noch einmal von vorn anzufangen! Merischl hat diese Angst *nicht* gehabt! Glaubst du, Hilton hat gleich als Milliardär begonnen? Er hat erst *ein* Hotel gebaut, dann ein zweites, dann ein drittes, und heute hat er eine Hotelkette, die die ganze Welt umspannt! Hil-

ton, das habe ich neulich in einer Illustrierten gelesen, fährt nur noch von Stadt zu Stadt und läßt sich seine Hotels zeigen!«
Wronsky wurde wütend. »Ich bin kein Hotelier, ich bin ein Dentist!« schrie er. »Ich kann nicht von Stadt zu Stadt fahren und mir von den Leuten die Zähne zeigen lassen!«
»Alles kann man!« sagte Vera beharrlich. »Du natürlich nicht! Da muß man vom Schlag eines Merischl sein! Aber du? Du bist doch nur ein ...«
Wronsky schlug die Tür zu und ging ins Kaffeehaus.
Er wollte nicht wissen, was er ist.
Im Kaffeehaus saßen Robinson und ich und ließen uns eben den Auftritt schildern, den Joschi mit seiner Frau gehabt hatte. »Du bildest dir so viel auf deine Tüchtigkeit ein«, hatte Tutzi gesagt. »Wenn du wirklich so tüchtig wärst wie du denkst, wären wir nach den Staaten gegangen, wie Merischl es getan hat! Er macht dort ein Vermögen, er erhält seine Familie standesgemäß – jawohl standesgemäß«, schrie sie, weil Joschi versucht hatte, etwas einzuwenden, »sonst würde er das Hochzeitsessen nicht im Waldorf-Astoria geben! Er erhält seine Familie standesgemäß«, wiederholte sie, »und wenn er einmal stirbt, wird für seine Witwe gesorgt sein! Was hast du denn schon hier? Hie und da bekommst du einen Drehbuchauftrag, und

wenn du *keinen* bekommst, lebst du von faulen Tricks! In den Staaten hättest du es bestimmt schon zum Mafiaboß gebracht!«
»Und wäre vom Gegenboß erschossen worden!« ergänzte Joschi. »Egal«, meinte Tutzi. »Für die Witwe wäre gesorgt.«
Merischl machte uns Ärger. Wir setzten uns zusammen und kamen nach stundenlanger Beratung zu der Erkenntnis, daß wir, wenn wir wieder unseren Frieden haben wollten, unseren Frauen ein Leben bieten müßten, wie es ihnen nur Merischl bieten könnte. Das heißt: Sollte meiner Frau der Sinn nach einem weißen Nerz stehen, müßte ich ihr einen kaufen, sollte Mela Robinson den Winter in Acapulco verbringen wollen, müßte man ihr das erlauben, sollten Vera und Tutzi was immer für Wünsche haben, müßte man sie ihnen erfüllen. Wir beschlossen, zu diesem Zweck einen gemeinsamen Fond zu gründen – wir nannten ihn Merischl-Fond –, aus welchem die Bedürfnisse unserer Frauen finanziert werden sollten. Um der Sache einen legalen Anstrich zu geben, gründeten wir einen Merischlverein mit Vorstand und Statuten. Robinson wurde Präsident, Wronsky Vizepräsident und ich Schriftführer. Der Anspruch Joschis auf den Posten des Kassiers wurde einstimmig abgelehnt. Joschi wurde »das« Mitglied, die Kasse wurde gemeinsam verwaltet. Sogar einen Gruß hatten wir. Wenn der Grü-

ßende »Pfui« sagte, sagten die anderen »Merischl!« So ging es einige Wochen hindurch – die Merischlwünsche unserer Frauen wurden widerspruchslos erfüllt. Es waren nicht viele.
Mela Robinson beanspruchte einen Mercedes (als Frau Merischl würde sie schon längst einen fahren), Vera Wronsky verlangte einen Swimming-pool für ihren Bungalow (Merischl würde seiner Frau gewiß nicht zumuten, ohne Swimming-pool zu leben), und meiner Frau gelüstete es nach einer Mittelmeerreise (Frau Merischl hätte es sicherlich nicht unter einer Weltreise getan). Am bescheidensten war Tutzi. Sie wollte bloß zwanzigtausend Schilling in bar haben und diese für ihren Gatten. Sie persönlich, so behauptete Joschi, habe keinen Wunsch. Sie wolle nur, daß er, Joschi, eine ebenso volle Brieftasche habe wie Merischl. Der Fond war ausgeschöpft, wir wollten ihn eben aufstocken, als mein Schwager Goldmann kam.
Er war in Amerika gewesen, hatte vor seiner Hinreise ebenfalls eine von Merischls Hochzeitseinladungen bekommen und war, da er sich am neunundzwanzigsten September gerade in New York befand, ins Waldorf-Astoria gegangen.
In gebrochenem Englisch sagte er zu dem Portier: »I look for wedding Merischl.«
»There is no wedding Merischl«, sagte der Portier.

»No wedding Merischl?«
»No wedding Merischl. Let me see.« Der Portier sah in einem Buch nach.
»No wedding Merischl«, wiederholte er.
Goldmann suchte die Telefonnummer Merischls heraus und rief an. »Mr. Merischl ist nicht zu Hause«, sagte eine Frauenstimme. »Seine Tochter heiratet heute. Ich bin die Großmutter. Ich konnte nicht mitgehen, weil in dem Lokal, in dem das Essen ist, nicht so viel Platz ist.« Sie nannte ihm die Adresse eines Restaurants. »Dort werden Sie ihn finden.«
Goldmann ging hin. Es war nicht einmal ein Restaurant, es war eine Cafeteria. In einem kleinen Extrazimmer saß die Hochzeitsgesellschaft: Braut, Bräutigam, Merischl und Frau, Meyer und Frau sowie zwei Trauzeugen. »Ing« war nicht die Abkürzung für »Ingenieur«, sondern für »Ingmar«. Merischls Schwiegersohn hieß Ingmar Heinz Meyer und war sein einziger Angestellter. Im übrigen besaß er noch immer sein kleines Geschäft in Brooklyn und machte recht und schlecht »his living«, wie man in Amerika sagt.
Warum er uns die Einladung geschickt hatte? Nur aus Eitelkeit. Der alte Meyer hatte eine Druckerei – so hatte sie ihn nicht viel gekostet. Er hatte nicht damit gerechnet, daß einer von uns nach New York kommen könnte.

Unsere Frauen waren in der nächsten Zeit merkwürdig still.

Was einem Menschen an Verstand fehlt, das ersetzt er durch Eitelkeit, würde ich sagen – wenn es nicht schon Nietzsche gesagt hätte.

Ältere Männer, die mit der Mode gehen, wirken jünger.

(Cissy Kraner)

Ältere Männer, die mit der Mode gehen, wirken lächerlich.

(Hugo Wiener)

Der Attaché

Erinnern Sie sich noch an die guten, alten Aktentaschen? Hatten Sie eine solche? Ich erinnere mich auch noch daran, ich hatte auch eine. Plötzlich wurden die sogenanten »Attachékoffer« modern – schmal, formschön und tragfreundlich –, die einem immer das Gefühl des Verreisens geben. Sie invadierten die westliche Welt und verurteilten die armen Aktentaschen zum Aussterben.

Eines Tages sagte meine Frau zu mir: »Ich verstehe nicht, daß du noch immer mit der alten Aktentasche herumläufst. Schau dir die andern Herrn an: Herrn Müller, Herrn Papanek, Herrn Riebeisel, Herrn Wittmann. Alle tragen bereits Attachékoffer. Wenn man, wie du, in der Öffentlichkeit steht, muß man mit der Mode gehen!«

Da ich selbst keine Anstalten traf, mit der Mode zu gehen, schenkte meine Frau mir zu meinem nächsten Geburtstag einen Attachékoffer. Ich hatte Tränen in den Augen.

»Nanu?« wunderte sich meine Frau. »Du weinst ja?«
»Ja«, gab ich zu, »weil ich gerührt bin, daß du meinen sehnlichsten Wunsch erraten hast.« Um ehrlich zu sein, ich weinte, weil ich meine geliebte Aktentasche nun für immer in den Schrank legen mußte. Das heißt, nicht sofort. Am Anfang versuchte ich Zerstreutheit vorzutäuschen und statt des Koffers die Tasche zu nehmen. Aber meine Frau kam bald dahinter.
»Ich glaube, du *willst* den Koffer nicht tragen«, sagte sie. »Andere Männer wären froh, wenn sie einen Attachékoffer hätten!«
Sie erinnerte mich an meine Mutter, die, wenn ich mich weigerte, Spinat zu essen, zu sagen pflegte: »In Afrika gibt es Kinder, die froh wären, wenn sie Spinat zu essen hätten!« Ich glaube, ich hätte auch in Afrika keinen Spinat gegessen.
Aber zurück zum Koffer. Da mein Trick, den Zerstreuten zu spielen, aufgedeckt worden war, nahm ich am nächsten Tag den Attachékoffer. Ich fand ihn gar nicht so unpraktisch. Sein elegantes Aussehen konnte ich ihm auch nicht absprechen. Um elf Uhr hatte ich meinem Verleger ein fertiges Manuskript abzuliefern. Ich gab es also in den Attachékoffer, verabschiedete mich von meiner Frau, die mich ganz stolz ansah, und ging fort.
Auf der Straße bildete ich mir ein, daß alle Leute

nur meinen Koffer anstarrten, wodurch ich das Gefühl bekam, daß mein rechter Arm, in dem ich ihn trug, um ein ganzes Stück länger geworden war.
In meiner Hast, den Blicken aller jener, die noch keinen Attachékoffer besaßen, zu entgehen, kam ich um eine halbe Stunde zu früh zum Verlag. Ich ging also noch in ein Kaffeehaus, hängte Mantel und Hut auf den Garderobenständer, stellte meinen Attachékoffer dazu, trank einen Tee, las ein paar Zeitungen, bezahlte und ging in den Verlag.
Schon die Prokuristin sagte: »Ah, der elegante Koffer!« und auch dem Dramaturgen und dem Verleger fiel er sofort auf. Ich muß gestehen, der Koffer hob mein Selbstbewußtsein.
»Bringen Sie das Manuskript?« erkundigte sich der Verleger.
»Ja«, antwortete ich stolz. »Laut Vertrag, genau auf den Tag.«
Ich öffnete meinen Koffer und fand einen Herrenpyjama, eine Zahnbürste und einen elektrischen Rasierapparat. Jemand mußte meinen Koffer vertauscht haben. Kein Wunder, wenn alle die gleichen Koffer tragen.
Aufgeregt stürzte ich die Treppe hinunter, hörte noch, wie mir der Verleger etwas von »Vertragsbruch, wenn nicht binnen acht Tagen usw.« nachrief, und eilte in das Kaffeehaus, das ich kurz vorher verlassen hatte. Dort konnte

man mir nur sagen, was ich bereits wußte: Der Koffer war vertauscht worden. Trost: Da das Kaffeehaus gegenüber dem Südbahnhof lag, war anzunehmen, daß ihn ein Reisender mitgenommen habe.

Unglücklich kam ich nach Hause und erzählte meiner Frau die Geschichte von dem Koffer und dem verlorenen Manuskript.

»Von dem Manuskript hast du dir einen Durchschlag gemacht«, tröstete sie mich. »Das weiß ich genau.«

Ich wußte es auch, aber der Durchschlag lag auch in dem Koffer. Ich beschloß, ein paar Stunden zu warten und dann in dem Kaffeehaus nachzufragen, ob nicht vielleicht doch jemand meinen Koffer zurückgebracht habe. Ich ging. Unterwegs fiel mir ein, daß ich einen Brief zur Post bringen mußte. Ich ging zum Schalter, kaufte die Briefmarken, stellte den Koffer neben mich hin, klebte die Marken auf den Umschlag, bezahlte, nahm den Koffer warf den Brief in den Kasten und setzte meinen Weg fort. Nach ein paar Schritten fiel mir ein polterndes Geräusch auf, das aus dem Koffer kam. Ich trat in einen Hausflur, öffnete de Attaché – was fand ich? Die Musterkollektion eines Vertreters von Kämmen und Bürsten. Was nun? Wenn sich der Besitzer des Koffers, in dem der Pyjama war, gemeldet hatte, konnte ich ihm doch nicht die Bürsten dafür geben. Ich war ratlos. Ich mußte

überlegen. Ich werde einen neuen Pyjama, eine neue Zahnbüste und einen neuen elektrischen Rasierapparat kaufen. Ich hatte zuwenig Geld bei mir, ich mußte zur Bank.
Ich nahm ein Taxi und rief dem Chauffeur zu: »Schnell zur Creditanstalt, Rilkeplatz! Lassen Sie den Motor laufen, ich komme sofort zurück!«
Ich stürzte in das Banklokal, legte den Koffer auf das Pult, unterschrieb einen Beleg, wartete ein paar Minuten, bekam das Geld und lief auf die Straße. Dort erwartete mich die Polizei. Der Taxifahrer hatte mich für einen Bankräuber gehalten. Meine Worte: »Lassen Sie den Motor laufen, ich komme sofort zurück!« waren ihm verdächtig vorgekommen. Ich mußte den Polizisten zum Kommissariat folgen. Dort konnte ich mich ausweisen, ich erzählte den versammelten Herren die Geschichte von dem Koffer, von dem elektrischen Rasierapparat, von den Kämmen und Bürsten. Die Herren lachten, daß ihnen die Tränen über die harten Polizeibacken liefen, während des Erzählens öffnete ich den Koffer und fand zwei Salamibrote und eine Blendlaterne. Der Koffer war mir auf der Bank vertauscht worden, anscheinend von einem Nachtwächter, der eben auf dem Weg zum Arbeitsplatz war. Jetzt glaubte ich bereits an Zauberei.
Verstört kam ich nach Hause, meine Nerven

waren am Ende. Meine Frau, erschrocken über meinen Zustand, meinte: »Du mußt die Geschichte vergessen. Fahr ein paar Tage irgendwohin, wo es nicht viele Menschen gibt, wo du Ruhe hast, du wirst sehen, es wird dir bald besser gehen. Dann kannst du auch das Manuskript noch einmal schreiben.«

Ich fuhr nach Monteverde, einem kleinen Fischerdorf in Spanien, in dem es nur Ruhe gab. Ruhe von der feinsten Qualität. Meine Frau hatte mir eine kleine Reisetasche mitgegeben und natürlich den Attachékoffer des Nachtwächters, mit Schreibblock, Kugelschreiber, Kohlepapier usw., für den Fall, daß ich bereits in Monteverde mit dem Schreiben des Manuskripts beginnen wollte.

Am ersten Tag genoß ich die Ruhe. Am zweiten Tag war mir die Ruhe zu ruhig, und am dritten Tag rannte ich mit dem Kopf gegen die Wand.

Aber das brachte mich nicht weiter. Ich versuchte im Schatten einer Pinie mein Manuskript zu schreiben. Leider saß auf dieser Pinie ein Vogel, der schon nach den ersten Sätzen, die ich geschrieben hatte, seine Meinung von sich gab, weshalb ich das Papier wegwerfen mußte. Ich wanderte zum Telegrafenamt, um meiner Frau zu depeschieren, wie gut es mir hier gehe. Ich stellte den Koffer neben mich hin, füllte das Telegrammformular aus, gab es dem Beamten,

bezahlte, nahm den Koffer und ging in das Hotel zurück.
Mutlos ließ ich mich in den Stuhl fallen. Ich konnte nicht mehr, der Koffer hatte mein Leben zerstört. Wütend schleuderte ich ihn gegen die Wand, da öffnete sich das Schloß – und was fiel heraus? Hier – im tiefsten Spanien? Das Manuskript meines Buches, das ich in Wien, in einem Kaffeehaus, verloren hatte. Ich hatte meinen Koffer wiedergefunden.
Ich kam nach Hause – ein glücklicher Mensch.

Ab morgen trage ich wieder meine Aktentasche.

Der größte intellektuelle Snob ist jener, der sich Witze, die ihm gefallen, in lateinischer Sprache notiert.

Lateinische Sprach – schwere Sprach!

Mein lieber Schwager Walter Goldmann, seine Frau Hermine und sein Sohn Ladi, damals 8, waren bei uns zum Kaffee. Sie unterhielten sich mit meiner Frau im Wohnzimmer, während ich in meinem Arbeitszimmer saß und meine Korrespondenz erledigte. Plötzlich öffnete sich die Tür – Ladi schlüpfte herein.

»Onkel«, sagte er, »Mama hat gesagt, ich soll dich nicht stören, aber ich möchte dich etwas fragen.«

»Los!« ermunterte ich ihn jovial.

»Du bist doch ein Mensch, der alles weiß.«

»Alles nicht«, antwortete ich mit gespielter Bescheidenheit, »aber vieles.«

»Du sprichst Französisch.«

»Ja.«

»Du sprichst Englisch.«

»Ja.«

»Du kannst Latein.«

Hoppla! Ich kann *nicht* Latein, meine Kenntnisse in dieser Sprache beschränken sich auf QUO VADIS und VENI, VIDI, VICI, aber das brauchte der Bengel nicht zu wissen.

»Ich habe ein Buch geschenkt bekommen.«
»Und?«
»Ich bin eben dabei, es zu lesen.«
»Brav.«
»Aber da kommen zwei Wörter vor, die ich nicht verstehe.«
»Und zwar?«
»Ergo und item.« Es war leichter als ich dachte.
»Das ist nicht schwer«, sagte ich daher. »Ergo ist ein lateinisches Wort und heißt folglich.«
»Und item?«
»Heißt ebenso.«
»Also auch folglich.«
»Nein. Ergo heißt folglich und item heißt ebenso.«
»Aber wenn ergo folglich heißt und item ebenso, dann heißt doch item auch folglich.«
Ich begann nervös zu schlucken. »Nein«, sagte ich. »Ich werde dir ein Beispiel geben: Dr. Robinson erwartet mich um vier Uhr im Kaffeehaus, ergo muß ich jetzt gehen.«
»Warum ergo?«
»Weil ergo folglich heißt.«
»Du hättest also genauso gut folglich sagen können?«
»Ja.«
»Warum hast du es dann nicht gesagt?«
Ich fühlte wie mir das Blut zu Kopf stieg. »Weil es mir gepaßt hat, ergo zu sagen«, antwortete ich gereizt. »Ich hätte hundertmal folglich sa-

gen können! Tausendmal! Hunderttausendmal! Niemand hätte es mir verboten! Wir leben in einer Demokratie, in der alles erlaubt ist! Ich kann folglich sagen, aber ich kann item auch ergo sagen!«
Ladi sah mich freudig an. »*Wie* kannst du ergo sagen?«
»Item.«
»Das ist das andere Wort, das ich nicht verstehe.«
»Ja, und ich habe es dir erklärt! Ergo heißt folglich, und item heißt ebenso!«
»Also auch folglich«, meinte Ladi stur.
»Nein!!« Goldmann kam ins Zimmer. »Da bist du ja, Ladi!« sagte er. »Wir suchen dich schon in der ganzen Wohnung.« Er wendete sich an mich. »Du kommst doch am Freitag zur Eröffnung von Wimmers Möbelfabrik ›Tyrolienne‹. Ich weiß nicht, warum er sie so nennt, aber –«
»Das ist doch ganz einfach. Er erzeugt rustikale Möbel, ergo nennt er die Fabrik ›Tyrolienne‹. Ich finde das ganz natürlich.«
»Natürlich ist es natürlich. Aber wer ist der andere?«
»Welcher andere?«
»Der Ergo. Du hast doch gesagt, der Ergo nennt die Fabrik ›Tyrolienne‹?«
»Ich habe nicht gesagt, der Ergo nennt die Fabik ›Tyrolienne‹, ich habe gesagt ergo nennt er die Fabrik ›Tyrolienne‹!«

»Wer?«
»Der Wimmer.«
»Na eben. Weil du sagst, der Ergo ...«
Ich hielt mir den Kopf. »Ergo – das habe ich Ladi schon erklärt – ist ein lateinisches Wort und heißt folglich.«
»Seit wann sprichst du mit mir lateinisch?«
»Ich spreche nicht lateinisch mit dir«, stöhnte ich, »ich habe zufällig das Wort ergo gebraucht.«
»Und das heißt folglich?«
»Ja.«
»Da hättest du doch gleich folglich sagen können ...«
Ich mußte mir jetzt den Hemdkragen aufmachen.
»Selbstverständlich hätte ich folglich sagen können – ich wollte aber ergo sagen, folglich sagte ich ergo!«
»Und das ist lateinisch?«
»Ja!«
»Kannst du denn lateinisch?«
»Das steht hier nicht zur Debatte! Zur Debatte steht einzig und allein, ob ich folglich oder ergo sage! Ich kann folglich sagen, ich kann aber item auch ergo sagen!«
»Wer ist *das* wieder?«
»Wer?«
»Der Item.«
»Ich habe nicht gesagt *der* Item – ich habe gesagt

item! Das ist auch ein lateinisches Wort und heißt ebenso!«

»Also auch folglich.«

»Nein!!!«

Ladi freute sich wie ein Verrückter. Er hatte sich in ein Fauteuil geworfen und strampelte mit den Beinen.

»Das verstehe ich nicht«, sagte Goldmann.

»Und *ich* verstehe nicht, daß *du* es nicht verstehst!« sagte ich. Hermine kam ins Zimmer.

»Was habt ihr denn?« fragte sie erstaunt.

»Mein Schwager will mir Lateinunterricht geben!« entgegnete Goldmann gereizt.

Ich wendete mich an Hermine. »Ich habe ihm bloß erklärt«, sagte ich ruhig, »das ergo folglich heißt und item ebenso.«

»Also auch folglich«, sagte Hermine. »Das ist doch ganz einfach. Ich begreife nicht, Walter, daß du das nicht verstehst.«

Ladi stieß einen Freudenschrei aus.

»Nein Hermine!« weinte ich. »Es sind *zwei* Wörter. Ergo heißt folglich und item heißt ebenso.«

»Er ist verrückt«, meinte mein Schwager. »Wenn ergo folglich heißt und item ebenso, dann heißt ergo item und item ergo.«

»Nein!!«

»Schrei nicht mit Walter!« empörte sich Hermine. »Er hat ganz recht. Wenn Papa Vater heißt und Papi ebenso, dann heißt Papi Vater!«

Ladi krümmte sich vor Lachen. Meine Frau trat ein. »Wo seid ihr denn? Ihr laßt mich allein sitzen?«
»Dein Mann hat eine Art mit uns zu sprechen«, meinte Goldmann erbost, »die ich mir nicht bieten lassen kann!«
»Walter hat recht«, sekundierte ihm seine Gattin.
»Was ist denn geschehen?« fragte meine Frau verwundert.
Ich zwang mich zur Ruhe. »Wir haben über die lateinische Sprache gesprochen«, begann ich.
»Das stimmt nicht«, unterbrach mich Goldmann. »Wir haben über Wimmers Möbelfabrik gesprochen. Ich habe gesagt, daß er sie ›Tyrolienne‹ nennt, darauf hat *er* gesagt, der Ergo – –«
»Ich habe nicht *der* Ergo gesagt, ich habe bloß ergo gesagt!« Ich wendete mich an meine Frau. »Sag *du* ihnen, bitte, was ergo heißt!«
»Ergo heißt folglich.«
»Und item?«
»Ebenso.«
»Also auch folglich!« triumphierten Goldmann und Hermine. Ladi hüpfte herum wie ein Indianer, der soeben erfahren hat, daß die Amerikaner, in Anerkennung der Menschenrechte, beschlossen haben, die Vereinigten Staaten für immer zu verlassen.
»Nein«, versuchte es jetzt meine Frau. »Ergo ist

ein Wort und heißt folglich, und item ist ein Wort und heißt ebenso.«

»Also auch folglich!« riefen die beiden wieder.

»Mir scheint, ihr wollt uns hochnehmen!« schrie Goldmann.

»Das lassen wir uns nicht gefallen!« schrie Hermine.

»Ich bitte um Ruhe!« schrie meine Frau.

»Eine Unverschämtheit!« schrie ich.

»Ich verstehe gar nicht«, schrie meine Frau weiter, »wie ihr dazukommt, mit meinem Mann über Latein zu reden? Mein Mann kann doch gar kein Latein!«

»Du kannst nicht Latein?« Ladi kam mit weit aufgerissenen Augen auf mich zu. »Warum hast du dann gesagt, daß du mir erklären kannst, was ergo und item heißt?« Er begann zu weinen. Alle schauten mich an. Ich fühlte mich elend.

»Komm Hermine!« befahl Goldmann schroff. »Ich will noch ins Geschäft – ergo muß ich jetzt gehen.«

»Und ich item!« setzte Hermine höhnisch hinzu. Die drei verließen uns. Ich saß da – verlegen, beschämt, blamiert.

»Wie konntest du sagen, daß du Latein kannst?« warf meine Frau mir vor. »Jetzt hast du den Jungen enttäuscht. Es gibt nichts Schädlicheres für die Seele eines Kindes als die Enttäuschung. Ladi bewundert dich, er hält dich für

ein Genie – nun mußte er erfahren, daß du nicht einmal Latein kannst, und – was noch schlimmer ist – daß du ihn belogen hast.«
Ich schwieg, aber das schlechte Gewissen begann mich zu beißen. Einige Tage später ging ich zu Goldmanns. Ich hatte vor, mich bei ihnen, vor allem aber bei Ladi zu entschuldigen. Sie ließen mich warten. Plötzlich fiel mir ein Buch in die Augen. »Für brave Kinder« stand auf dem Einband. »199 Tips wie man Erwachsene zum besten halten kann.« Ich öffnete den Band an einer Stelle, an der ein Lesezeichen eingelegt war und las: Tip 147. Ergo – item. Fragt einen Erwachsenen nach der Bedeutung dieser beiden Wörter. Sagt er: Ergo heißt folglich und item heißt ebenso, dann sagt: Also auch folglich. Der Erwachsene wird versuchen euch mit allen Mitteln zu erklären, daß dem *nicht* so ist, aber ihr bleibt stur. Er wird gereizt und nervös werden, er wird schreien, er wird wüten, er wird springen – ihr dürft ihn nicht verstehen. Versucht es – ihr werdet großen Spaß daran haben.«
Ich Trottel! Ich hatte mich gefreut, daß Ladi mich für ein Genie hielt – und nun? Es gibt nichts Schädlicheres für die Seele eines Erwachsenen als die Enttäuschung.
Wie ich später erfuhr, hatte Ladi mich mit Hilfe seiner Eltern hereingelegt. Die beiden hatten alles gewußt und mitgespielt. Es hätte mich auch

gewundert, wenn es anders gewesen wäre – sie hatten sich *zu* dumm angestellt.
Wann die Sache passiert ist? Am 1. April.
Goldmanns haben sich bei mir entschuldigt. Mit Walter bin ich folglich wieder gut und mit Hermine ebenso.

Um heutzutage leben zu können, muß ein Autor alles schreiben, was man von ihm verlangt. Romane, Satiren, Lust- und Trauerspiele, Werbetexte, Verse für Geburtstagstorten und – was das Schlimmste ist –

Zusatzstrophen

Es gibt noch Schauspieler, die über den Text ihrer Rolle nachdenken. Sie »legen eine Figur an«, sie »fassen sie auf«, sie »erarbeiten« sie. So auch der berühmte Mime – den Namen nenne ich nicht –, der nach Wien gekommen war, um hier zu gastieren. Als König Lear, als Nathan, und als Fortunatus Wurzel in Raimunds Zaubermärchen »Der Bauer als Millionär«. So weit gespannt war sein Bogen. Zu Raimunds Lebzeiten hatte der Dichter selbst diesen Wurzel gespielt, der im letzten Akt, nach Verlust von Jugend und Vermögen, als greiser Aschenmann auf der Bühne erscheint und das berühmte Couplet singt: »An Aschen, an Aschen!« (Zum besseren Verständnis für meine Leser in der BRD: »Eine Asche, eine Asche« oder sinngemäß übersetzt: »Alles nur Asche!«, was bedeutet, daß alles Irdische vergänglich ist, was besagen will, daß Glück und Glas leicht zerbrechlich sind, was heißt, daß des Lebens Mai nur einmal blüht, was auf den Tag hinweist, den man nicht vor dem Abend loben soll, was aus-

drückt, wie rasch der Tod den Menschen antritt, oder – wie Raimund sagt – »An Aschen, an Aschen!« Aber davon sind wir ja ausgegangen.)
Was oben erwähnter Aschenmann mit dem anorganischen Verbrennungsrückstand organischer Stoffe unternehmen will, weiß ich nicht, da ja Kohlenasche Eisenoxyd, Tone und Sulfate enthält und daher nicht einmal als Düngemittel zu gebrauchen ist. Wozu also die Figur des Aschenmannes?
Diese Frage beschäftigte mich. Ich widmete einige Jahre meines Lebens der Raimundforschung, und es gelang mir, diesem Mysterium auf die Spur zu kommen. Raimund hatte das Couplet in der Schreibtischlade liegen, er wollte es unbedingt singen, also erfand er den Aschenmann und schrieb erst später, um den Aschenmann herum, den »Bauer als Millionär«. Ich bin der einzige Raimundforscher, der die Ferdinand Raimund-Plakette erhielt und sie wieder zurückgeben mußte, weil andere Raimundforscher mich für wahnsinnig erklärten. Neid. Aber zurück zum Aschenmann. Das Couplet gefiel, es wurde ein Hit, Raimund versah es mit immer neuen Zugabestrophen, was sich an Generationen von Autoren rächen sollte, weil noch heute jeder Darsteller des Fortunatus Wurzel Zusatzstrophen verlangt, die natürlich geschrieben werden müssen. Und da ich in Fachkreisen als bekannter Zusatzstrophen-

schreiber gelte, rief mich der berühmte Schauspieler an, und wir trafen uns am selben Nachmittag im Kaffeehaus.
»Mach es nicht«, warnte meine Frau mich noch vorher. »Du hast genug zu tun, du wirst nur Ärger damit haben.«
»Ich mach es nicht«, versprach ich und beschloß, es dennoch zu machen. Sie mußte es ja nicht wissen. Es war auch nicht des Geldes wegen, in diesem Fall ging es mir um die Ehre.
»Ich brauche nur eine einzige Strophe«, sagte der berühmte Schauspieler, »und die wird Ihnen keine Schwierigkeiten machen, weil ich bereits eine Idee habe. Ich höre von der Unsicherheit, die nachts in den Straßen herrscht. Das wäre doch ein Thema – oder?« Er lachte mit jenem Mimenlachen, welches die Pflicht hat, ein Parkett und vier Galerien zu füllen. Für das kleine Café, in dem wir uns befanden, war es zu kräftig. Einem hinter mir sitzenden Herrn wehte es die Perücke vom Kopf und hinauf auf den Kronleuchter. Dazu schlug mich der berühmte Schauspieler, ein Hüne von einem Mann, mit der Pranke auf den Schenkel, daß meine seit langem ruhende Arthritis erwachte, sich die Augen rieb und wie ein eben wahnsinnig gewordener Zahnarzt zu bohren begann. Ich heulte auf, der berühmte Schauspieler hielt das für ein Lachen und sagte: »Ich wußte, daß es Ihnen gefallen wird!« Ich bin kein schlechter Mensch,

aber in jenem Augenblick wünschte ich, daß er sich in einen Tausendfüßler verwandeln möge, und zwar in einen, der auf jedem Fuß ein Hühnerauge hat. Ich schlich nach Hause, verstimmt, verbittert, mit einem völlig neuen Arthritisgefühl. Hoffentlich erfährt es meine Frau nicht.

»Hingefallen!« sagte sie, als sie mich sah. »Das kann nur dir passieren!«

Da ich gegen den Ausdruck »Das kann nur dir passieren« allergisch bin, sagte ich: »Das kann nicht nur mir passieren, das kann jedem passieren! Dir, deiner Mutter, deinem Vater! Außerdem bin ich nicht hingefallen, sondern von einem LKW gestreift worden.« Ich zeigte ihr einen blauen Bluterguß.

»Das werden wir gleich haben«, sagte meine Frau. Sie legte mir einen Umschlag auf, worauf der blaue Bluterguß rot wurde. Nun riefen wir Dr. Merzenberger an. Er gab mir eine Spritze – der Bluterguß wurde zuerst grün und dann gelb. Blau hatte er mir am besten gefallen. Gegen die Arthritis verordnete mir Dr. Merzenberger einen Stock.

Am nächsten Tag hinkte ich ins Kaffeehaus, um die Zusatzstrophe abzuliefern.

Der berühmte Schauspieler setzte sich die Brille auf und las, was ich geschrieben hatte:

> In Wien ist es bei Nacht
> Heut nicht mehr angebracht,

Allein nach Haus' zu geh'n,
Ich mußt' es gestern seh'n.
Da kommt ein Messerheld,
Ruft »Leben oder Geld!«
Ich leer' mei' Butten aus,
Da fällt mein Reichtum raus:
An Aschen! An Aschen!

Ich beobachte seine Miene. Jetzt wird er schmunzeln, jetzt wird er lachen – nichts. Er schmunzelte nicht, er lachte nicht – er blieb ernst wie eine Lachtaube mit Fabrikationsfehlern. »Ich habe es mir überlegt«, sagte er. »Ich komme aus Deutschland – es steht mir nicht zu, die hiesigen Zustände zu bemängeln. Ich brauche etwas anderes, allgemeineres. Fernsehen!« rief er plötzlich. »Natürlich! Wir Künstler haben die Pflicht, aufzuzeigen, welchen Mist man den Zuschauern vorsetzt!« Bei dem Wort »Pflicht« schlug er mit der Faust auf den Tisch – ich hatte gerade noch Zeit meine Hand zurückzuziehen, wobei ich eine hinter mir stehende Kaffeetasse umstieß, deren Inhalt sich auf einen weißen Pekinesen ergoß, der bellend gegen die braunen Flecken protestierte. Gleichzeitig stampfte er mit voller Wucht gegen meinen Fuß. (Der berühmte Schauspieler, nicht der Pekinese.) Mir wurde schwarz vor den Augen. Ich hatte das Gefühl, daß mir ein vom Himmel gestürzter Satellit auf die Zehen gefallen war. Mich schwindelte vor Schmerz. Ich wußte nicht, wie ich nach Hause kam.

»Wieder ein LKW?« spöttelte meine Frau. »Das kann nur dir passieren!«

»Das kann nicht nur mir passieren, das kann jedem passieren!« tobte ich. »Dem Udo Jürgens, der Milva, dem Niki Lauda! Außerdem war es diesmal kein LKW, sondern ein wilder Stier! Ich ging an einer Apotheke vorüber, da stürzte er heraus und rannte mich um!«

»Wie kommt ein wilder Stier in eine Apotheke?« fragte meine Frau ironisch.

»Das weiß ich nicht!« schrie ich. »Vielleicht hat er sich ein Kopfwehpulver gekauft!«

Wir riefen Dr. Merzenberger an. Er konstatierte einen Bruch des Vorfußes, ich bekam einen Zinkleimverband sowie einen zweiten Stock. Die Nacht stöhnte ich mich durch, am nächsten Morgen schleppte ich mich in das Kaffeehaus. Der berühmte Schauspieler erwartete mich bereits. Ich gab ihm die Strophe – er las:

Ich hatte einen Traum,
Ich faß' es jetzt noch kaum.
Ein Kasten vor mir stand,
Der »Fernsehn« ward genannt.
Dort spielten sie wie wir
auf uns're Bühne hier.
Erst fand ich's wunderbar,
Doch bald sah ich, das war
An Aschen! An Aschen!

Pause. »Leider«, sagte er dann. »Ich habe vom ORF den Antrag bekommen, den Posa zu spielen.« Aha! »Ich finde das Programm auch gar nicht so schlecht wie Sie sagen.« Ich? *Er* hatte es gesagt! »Ich habe bereits eine andere Idee«, setzte er fort. »Die Umweltverschmutzung. Das ist ein Thema, das uns alle angeht. Vergessen wir alles andere. Weg damit!« Er zog einen waagrechten Strich mit der Hand durch die Luft. Hätte ich gewußt, daß er Karatekämpfer ist, hätte ich meinen Kopf zurückgezogen. So aber traf seine Handkante meinen Hals. Ich stürzte vom Stuhl und wurde bewußtlos. Als ich wieder zu mir kam, hoben mich eben zwei weißgekleidete Männer auf eine Bahre. Ich kam mit der Rettung zu Hause an.
»Na also!« höhnte meine Frau. »Wieder mit einem Stier zusammengestoßen? Das kann nur dir passieren!«
»Das kann nicht nur mir passieren«, wimmerte ich – zum Schreien langte die Kraft nicht mehr, »das kann jedem passieren. Dem Fidel Castro, dem Assad, dem Arafat. Ich war auf dem Flugfeld, kam einem Propeller zu nah, und er traf mich am Hals.«
Dr. Merzenberger hatte schon auf unseren Anruf gewartet. »Tiefe Rißquetschwunde«, meinte er, »schmerzhaft, aber nicht gefährlich. Ich würde ihr keine große Bedeutung beimessen.« Kunststück! Wenn *er* sie hätte, würde ich ihr

auch keine große Bedeutung beimessen. Er schlang einen dicken Verband un meinen Hals und riet mir, statt der Stöcke Krücken zu nehmen. So kam ich am nächsten Nachmittag ins Kaffeehaus. Stolz überreichte ich dem berühmten Schauspieler meine Dichtung:

Es heißt, wohin ich hör',
Die Luft wär' ein Malheur.
Der Schwefel und der Teer
Zerstör'n die Atmosphär'.
Welch herrlich süßer Duft
Lag in der Wiener Luft,
Der Himmel war azur,
Heut' gibt es üb'rall nur:
An Aschen! An Aschen!

Er schüttelte traurig den Kopf. »Ich habe mit meiner Frau darüber gesprochen«, meinte er. »Das Thema ist zu ernst. Aber sie hatte eine gute Idee: Werbung. Das spricht alle an. Wir zeigen den Blödsinn in der Werbung auf. Das ist nicht nur lustig, das ist eine Aussage. Na?« Er boxte mich gegen die Schulter und renkte mir den Arm aus. Ich fiel wieder vom Stuhl, wurde wieder ohnmächtig, die beiden Weißgekleideten hoben mich wieder auf, legten mich aber nicht auf die Bahre, sondern setzten mich auf den Stuhl, von dem ich gefallen war. Liegen konnte ich nicht mehr. So trugen sie mich nach Hause.

Meine Frau stand mit verschränkten Armen in

der Tür. »Na?« fragte sie spitz. »Wieder ein Propeller? Das kann nur dir passieren!«
»Das kann nicht nur mir passieren«, weinte ich leise, »das kann jedem passieren. Dem Handke, dem Simmel, dem Günther Grass. Ich gehe auf der Straße, Kurzschluß, ich sehe die Lichter zweier Fahrräder auf mich zukommen, will zwischen den beiden durch – –«
»Und?«
»Es war ein Autobus.«
Dr. Merzenberger erwartete mich bereits in unserem Schlafzimmer. Er saß neben meinem Bett und hatte die Instrumente auf dem Tisch ausgebreitet. Ich hatte, außer dem ausgekegelten Arm, eine Prellung des Steißbeines. Ich verfluchte alles, was mit Zusatzstrophen zu tun hatte, angefangen von Ferdinand Raimund bis zu dem berühmten Schauspieler. Am nächsten Tag fuhr ich, geschoben von einer Krankenschwester, im Rollstuhl ins Kaffeehaus. Ich brachte die neue Strophe:

Hat einer ein Produkt,
Dann wirbt er wie verruckt,
Und gibts genügend Geld,
Kennt's bald die ganze Welt.
Der wirbt durch ein Plakat,
Der durch ein Inserat.
So red't man es uns ein,
Nur ich muß selber schrei'n:
An Aschen! An Aschen!

Das *muß* ihm gefallen! Das *muß* er anerkennen! Oder? Oder. Er sagte: »Ich habe eben einen Werbevertrag mit einer Kaffeefirma abgeschlossen, aber das allein ist es nicht. Der Regisseur ist gegen jede Zusatzstrophe. Ich singe das Couplet original.« Er schüttelte mir die Hand – das Röntgenbild zeigte einen Bruch des Handwurzelknochens. Behandlung: sechs Wochen Gips.

Wieder zu Hause, warf ich die Zusatzstrophen in den Kamin und sah mit hämischem Lächeln, wie sie verbrannten. An Aschen, an Aschen.
Im selben Moment rief mich mein Freund, der Schauspieler Toplitz, an. »Du wirst dich freuen! Ich spiele in Graz den Fortunatus Wurzel und brauche eine Zusatzstrophe. Ich habe bereits eine Idee.«
Ich weiß nicht mehr, was ich ihm geantwortet habe – ich weiß nur, daß meine Antwort mehr mit Goethe als mit Raimund zu tun hatte.

Man sagt, daß jede Katze einen anderen Charakter hat. Unser Jacky hat gar keinen Charakter. Das bewies er uns vor einigen Wochen, und deshalb waren wir mit ihm

Beim Tierpsychiater

Ich weiß nicht, was in ihn gefahren war, aber eines Tages erledigte unser Kater Jacky sein – wie soll ich es sagen – »kleines Geschäftchen« nicht wie gewöhnlich in seinem Kistchen, sondern in unserem Schlafzimmer. Und das nach fünf Jahren absoluter Reinlichkeit und direkt auf den Tigerkopf, der mit anschließendem Fell vor meinem Bett liegt und den ich, während einer Afrikasafari, in Kenya selbst gekauft hatte. Wir wollten ihn nicht strafen. Wir behandelten die Angelegenheit äußerst taktvoll und verhielten uns ungefähr wie Queen Elisabeth und Prinz Philipp, als sie erfuhren, daß ihre Tochter, Prinzessin Anne, gewisse Beziehungen zu einem Bürgerlichen habe. Das heißt, wir machten uns nichts wissen. Einmal ist keinmal – vielleicht gibt er es von selbst wieder auf. Ich meine den Kater und nicht den Bürgerlichen. Letzterer hat es nicht aufgegeben, aber »That's not our business«, wie die Franzosen sagen, wenn sie Englisch sprechen. Ich nahm den Kater und trug ihn ins Vorzimmer, während meine Frau den Tigerkopf reinigte. Jacky sollte nicht wissen, daß wir sein Tun bemerkt hatten. Wir sprachen auch nicht darüber. Vorbei. Am nächsten Tag dasselbe, wenn auch mit einer kleinen Variante. Diesmal war es nicht der Tigerkopf, den Jacky beehrte, sondern der Frühstückstisch. Meine Frau sah mich stumm-verzweifelt an. »Was jetzt?« schien ihr Blick zu fragen. Ich schüttelte überlegen den Kopf. »Einmal ist keinmal, daher zweimal einmal, und einmal keinmal.« Nach dieser Feststellung, über die sich die Hugo-Wiener-Forscher einmal ebenso den Kopf zerbrechen werden wie unsere heutigen Wissenschaftler über das Hexeneinmaleins von Goethe, nahm ich Jacky und trug ihn hinaus. Meine Frau putzte inzwischen die Glasplatte unseres Frühstückstisches mit einem Mittel, von dem sie schon lange wissen wollte, ob es, wie die Dame im Fernsehen versichert, wirklich keine Kratzer macht. Es *macht* Kratzer. Schweigend frühstückten wir, bis meine Frau endlich sagte: »Jetzt habe ich es zweimal weggeputzt. Wenn es morgen wieder passiert, kommst *du* dran.« Ich nickte. Ich wußte, daß es nicht wieder passieren würde. Es passierte. Auf meinem Schreibtisch und grad auf einem Vertrag, den ich zur Unterschrift vorbereitet hatte. Meine Frau reichte mir mit einer gewissen Schadenfreude Tuch, Seife, Lysoform und Lysol, und bald roch es in meinem Arbeitszimmer wie in einem Operationssaal. Allerdings hätte sich das vermeiden lassen, wenn ich nicht die Flasche mit dem Lysol umgeworfen hätte. Es kam der nächste Tag. Wir erwachten, stiegen aus unseren Betten (wir haben zwei!) und untersuchten. Tigerkopf – nichts, Frühstückstisch – nichts. Schreibtisch – nichts. Fauteuil! Und grad einer von den neuen mit dem kostspieligen Seidenüberzug. »Es steht 2:1«, sagte meine Frau, »und es wäre wieder *deine* Sache, das zu entfernen, aber ich lasse mir durch deine vertrottelte Ungeschicklichkeit nicht auch noch ein Fauteuil ruinieren.« (Es war eine versteckte Anspielung auf die umgeworfene Lysolflasche.) Sie nahm ein Pulver, von dem eine Dame im Fernsehen behauptete, daß es jede Art von Flecken entfernt. Sie schüttete ein wenig auf die feuchte Stelle, ließ es eine halbe Stunde einwirken und bürstete es dann wieder weg. Der Fleck war entfernt, leider auch die Farbe des Seidenüberzugs. Das ist aber nicht die Schuld des Fernsehens. Übrigens sah es gar nicht so schlecht aus. Silberglänzende Seide mit diskretem Blumenmuster und einem weißen Fleck auf der Sitzfläche. Jacky müßte die andern drei Fauteuils genauso bearbeiten. Ob ihm das gelingt?

»Ich mache das nicht mehr mit«, erklärte meine Frau.

»Was willst du tun?«

»Ich rufe Frau Springer an.«

Frau Springer ist eine ausgesprochene Katzenfreundin. Sie muß es sein, sie hat neun Katzen. Ihr Mann ist ein ausgesprochener Katzenfeind. Er muß es sein, seine Frau hat neun Katzen. Eines dieser Tiere, den Kater Anatol, haßt Springer besonders. Dreimal hatte er ihn schon heimlich aus dem Haus getragen, Anatol war immer wieder zurückgekommen. Vor einigen Monaten wechselten die Springers ihre Wohnung, sie übersiedelten von der Stadt nach Grinzing. In der allgemeinen Aufregung, die jede Übersiedlung mit sich bringt, trug Springer den Kater wieder fort. Sechs Kilometer weit – eine fremde Gegend –, er überließ ihn seinem Schicksal. »Und?« fragte einer seiner Freunde, als er die Geschichte im Kaffeehaus erzählte. »Hast du ihn jetzt endlich verloren?« – »Verloren?« schrie Springer wütend. »Wenn ich dem Vieh nicht nachgelaufen wäre, hätte ich nicht mehr nach Hause gefunden.« Das nur nebenbei.

»Ich bin verzweifelt, liebste Frau Springer«, klagte meine Frau am Telefon. »Sie verstehen doch soviel von Katzen. Unser Jacky, der immer zimmerrein war, hat es sich nach fünf Jahren plötzlich anders überlegt. Was kann man da tun?«

»Das ist schwer«, hört ich Frau Springer sagen. »Wenn eine zimmerreine Katze plötzlich nicht mehr zimmerrein ist, hat das seinen Grund. Am besten ist es, Sie gehen zu einem Tierpsychia-

ter. Kennen sie Dr. Leiser? Ich werde Sie anmelden, sonst müssen Sie stundenlang warten.«
Also gaben wir Jacky in seine Tragetasche und gingen zu Dr. Leiser. Ich war neugierig, wie die Untersuchung vor sich gehen würde. Wird man von Jacky verlangen, daß er, auf einer Couch liegend, von seiner Jugend erzählt? Man wird sehen. Im Vorzimmer warteten bereits Hunde, Katzen, Vögel. Auch ein Goldfisch war da. »Seit drei Tagen frißt er nicht«, erzählte sein Frauchen eben, worauf ein neben ihr sitzender Hamstereigentümer meinte: »Mit Fischen hat man es schwer, weil sie nicht verstehen, was man ihnen sagt.« – »Der versteht nicht?« entrüstete sich die Fischbesitzerin. »Der versteht jedes Wort. Wenn er schlimm ist, brauche ich ihm nur eine Sardinenbüchse zu zeigen und zu sagen: ›Damit du siehst, wohin schlimme Fische kommen!‹ – und schon ist er wieder brav.« Ich weiß nicht, inwieweit ein Goldfisch schlimm oder brav sein kann, ich hatte auch keine Zeit, darüber nachzudenken. Eben öffnete sich die Tür zum Ordinationszimmer und heraus trat der Tierpsychiater mit einer Dame, die einen Vogelkäfig mit einem Papagei in der Hand trug. »Schafskopf!« rief der Papagei dem Arzt zum Abschied zu. Alle Anwesenden lachten. »Der Nächste, bitte!« sagte der Arzt. Wir gingen hinein. Alle Anwesenden tobten. Es hätten vor uns

noch zehn andere Tiere drankommen sollen. Die Hunde bellten empört, die Katzen miauten erbost, die Vögel kreischten wutentbrannt. Nur der Goldfisch blieb stumm. Er dürfte wirklich krank gewesen sein.
Wir nahmen im Ordinationszimmer Platz. »Wir bringen Ihnen unseren Kater«, sagte meine Frau.
»Leiser«, sagte der Arzt.
Meine Frau flüsterte: »Wir bringen Ihnen unseren Kater.« Sie hatte vergessen, daß der Arzt Leiser hieß. Er hatte sich uns bloß vorgestellt. Das Mißverständnis wurde aufgeklärt. Wir lachten, soweit man in einem Ordinationszimmer lachen kann. Meine Frau berichtete, was Jacky in den letzten Tagen angestellt hatte.
»Hm«, machte Dr. Leiser. »Darf ich mir den Patienten einmal anschauen?« Dumme Frage. Wozu wären wir sonst gekommen? Wir nahmen Jacky aus seiner Tasche und setzten ihn auf den Schreibtisch. Ich hatte kein gutes Gefühl. Auf dem Schreibtisch verstreut lagen die Aufzeichnungen Dr. Leisers, und Jacky blickte sie abschätzend an, als ob er schon wieder etwas vorhätte und sich die für seinen Zweck am besten geeignete Aufzeichnung aussuchen wollte.
»Na, kleiner Mann?« fragte der Tierpsychiater und hielt Jacky den Zeigefinger hin. Jacky biß zu. Das hatte er noch nie getan. »Aggressive Depression«, meinte Dr. Leiser, während er die

Wunde mit einem Pflaster verklebte. »Katzen sind Individualisten. Plötzlich paßt ihnen etwas nicht, sie empfinden ein seelisches Unbehagen, das sich, wie in Ihrem Fall, durch Unsauberkeit äußern kann. Es wäre nun der größte Fehler, den Kater ›erziehen‹ zu wollen und seine Nase in das von ihm geäußerte Unbehagen zu stekken. Das wäre ganz falsch. Das Tier ist ja nicht unsauber, sondern gekränkt. Die Ursache müssen wir aus dem Wege schaffen. Seien Sie nett zu ihm, befassen Sie sich mehr mit ihm als sonst, füttern Sie ihn, geben Sie ihm mehrmals am Tag ein Stückchen Fleisch, eine Rosine – was er eben gerne hat. Spielen Sie mit ihm. Und das Wichtigste: Beseitigen Sie alle Spuren, die er in den letzten Tagen hinterlassen hat, aus seinem Blick- oder Geruchsfeld. Stellen Sie die Möbel um, die Katze braucht Neuland. Geben Sie ihr Kistchen auf einen anderen Platz, die Katze wird das akzeptieren und sich wieder ändern.« Dr. Leiser schrieb noch ein Rezept für Baldriantropfen und eine Rechnung auf fünfhundert Schilling, und wir konnten gehen.
Jacky kränkte sich also. Aber worüber? Weil ihn unser Briefträger scherzhaft ein »dickes Kalb« genannt hatte? Das konnte es nicht sein. Auch nicht, daß unser Hausbesorger, Herr Matschek, fand, daß Jacky in gewissen Momenten eine Ähnlichkeit mit Frau Morländer vom dritten Stock habe. Nein Jacky war noch zwei Tage da-

nach auf sein Kistchen gegangen. Oder? Sollte er die Beleidigungen zwei Tage in sich hineingefressen und erst am dritten Tag begonnen haben, sich zu kränken? All diese Fragen quälten uns, aber was immer es war, wir mußten mit der Therapie beginnen. Dr. Leiser hatte gesagt: »Geben Sie dem Tier mehrmals am Tag ein Stückchen Fleisch, eine Rosine – was es eben gerne hat.« Fleisch und Rosinen hatten wir nicht im Haus, wir schütteten also die Leber, die Jacky so liebt, in den Mülleimer und gaben dafür eine Banane in seine Freßschüssel. Das Tier hatte das *nicht* gern. Es sprang auf die Wäschebank und döste vor sich hin. Es kränkte sich. Was hatte Dr. Leiser noch gesagt? »Spielen Sie mit ihm mehr als sonst.« Ich sagte alle meine Verpflichtungen ab, darunter eine Theaterpremiere, ein Fernsehspiel und ein Cabaretprogramm. Meine Frau beauftragte ihre Managerin, ihr Engagement zu lösen und kein neues anzunehmen. »So, Jacky«, sagten wir, »jetzt werden wir mit dir spielen.« Wir knieten uns auf den Boden und spielten mit einem Ball, den Jacky ansonsten abzufangen und zu verstecken pflegte. Er fing ihn nicht ab, er versteckte ihn nicht. Er kränkte sich. Nach einiger Zeit bemerkten wir, daß wir – zwei ziemlich erwachsene Menschen – auf dem Boden knieten und miteinander Ball spielten. Jacky hatte uns längst allein gelassen. Angstvoll suchten wir ihn. Wir fürchteten, daß er seiner gekränkten Seele wieder einmal irgendwo Luft machen könnte. Auf der Klavierdecke zum Beispiel war er noch nicht gewesen.

»Stellen wir die Möbel um«, sagte ich. Wir sperrten Jacky in eine Kammer und packten zu. »Das Tier braucht Neuland«, hatte Dr. Leiser gesagt, es sollte es haben. Nach ungefähr vier Stunden, in denen wir wie Möbelpacker gearbeitet hatten, ließen wir Jacky heraus. Er sah sich um. Wo war er? Er ging in das Schlafzimmer und fand keine Betten. An ihrer Stelle befand sich der Musikschrank aus dem Salon. Er lief in mein Arbeitszimmer, sprang auf den Schreibtisch und sah, daß er auf dem Küchenherd saß. Was war da los? Er wurde unruhig. Er jagte in den Salon und fand die vier Fauteuils um die Waschmaschine gruppiert. Er suchte den Tiger und entdeckte, daß dieser an der Wand hing. Und nun offenbarte sich uns die Genialität des Tierpsychiaters. Jacky geriet in Panik. Er rannte durch die ganze Wohnung, immer wieder, immer wieder, wir hinter ihm her – bis wir wußten, was er suchte: sein Kistchen. Er fand es in der Küche unter dem Barocktisch. Aufatmend sprang er hinein, setzte sich auf die Katzenspreu und – muß ich erzählen, was er dort machte? Wir standen selig dabei und sahen ihm zu. Er hatte sich wiedergefunden.

Wir wissen, daß er uns liebt. Alle beide. Drum sage ich jetzt, sooft meine Frau etwas an mir auszusetzen hat: »Sei still – er könnte sich kränken.«

Wohltätigkeit ist etwas Schönes. In Serviceclubs wie Rotary, Lions oder Kiwanis etc. nennt man Wohltätigkeit Charity. Als Charity ist sie teurer. Trotz allem: Wohltätigkeit ist etwas Schönes. Es gibt auch genug Wohltäter, und es gäbe bedeutend mehr, wenn man die Wohltätigkeit von der Steuer abschreiben könnte. Leider ist dies nicht möglich. Und doch – ich bleibe dabei:

Wohltätigkeit ist etwas Schönes

Meine Frau und ich sind Wohltäter. Wir spenden für alte Pferde, junge Hunde, verarmte Politiker, frustrierte Frauen, greise Pfadfinder, senile Säuglinge, verwitwete Nichtschwimmer und begabte Popsänger.
Wir sind Künstler. Wir sind bereit, gratis mitzuwirken bei Veranstaltungen zugunsten lediger Weintrinker, verheirateter Taubenzüchter, geschiedener Zahnärzte, künstlerischer Maler, steuerpflichtiger Großindustrieller und werdender Mütter, sofern diese das sechzehnte Lebensjahr nicht überschritten haben. Sollten Sie noch einen anderen edlen Zweck wissen, wenden Sie sich bitte an uns.
Vor einem halben Jahr flatterte, wie man so schön zu sagen pflegt, ein Brief auf meinen Schreibtisch. Er stammte von einem Herrn Jonas Beule und hatte folgenden Wortlaut:

»Sehr verehrte gnädige Frau! Sehr geehrter Herr!
Da mir Ihr philantrohpisches Wirken bekannt ist, wende ich mich mit einer für mich undankbaren Aufgabe an Sie. Mein Grundsatz ›Menschlichkeit über alles‹ gebietet es mir und ich hoffe auf Ihr Verständnis und Ihre Mithilfe. In der Strafanstalt Stein sitzt seit vier Jahren ein wegen versuchten Schwiegermuttermordes zu Unrecht zu sechs Jahren schweren Kerkers verurteilter Häftling namens Karl Metzger. Frau und Kinder haben ihn fallengelassen, und so steht bzw. sitzt er allein da. Herr Metzger ist ein begabter Zeichner, und ich sende Ihnen mit gleicher Post eine Probe seines Könnens. Herrn Metzger geht es nicht darum, Geld zu verdienen, er sucht nur den Kontakt mit der Außenwelt. Der Künstler würde sich freuen, wenn Sie seine Zeichnung gegen Bezahlung eines kleinen Kostenbeitrags annehmen würden. Erlagschein liegt bei. Enttäuschen Sie bitte nicht einen unschuldig Verurteilten, der niemanden in der Welt hat und nicht weiß wohin, wenn seine Strafe abgesessen ist. Mit dem Ausdruck der vorzüglichsten Hochachtung Jonas Beule.«
Meine Frau und ich waren erschüttert. Ein unschuldig Verurteilter wendet sich an uns. Wir waren entschlossen, alles für ihn zu tun, was in unserer Macht steht.
Die Zeichnung kam. Sie stellte, wie auf dem

Blatt vermerkt war, den römischen Himmelskönig Jupiter dar, Gott des Blitzes und des Donners, des Rechts und der Saat. Wäre dies nicht vermerkt gewesen, hätten wir ihn für den österreichischen Bundeskanzler Dr. Kreisky gehalten. »Und doch«, sagte meine Frau, »schau dir den Schatten an! Wie künstlerisch! Wie persönlich!« Ich sah mir den Schatten an – es war ein Fettfleck. Den Kostenbeitrag berechnete der Künstler mit hundert Schilling – wir schickten ihm zweihundert, und zwar an das Konto des Herrn Beule, da ja der Unglückliche in der Strafanstalt kein Geld besitzen durfte.

Postwendend kam ein Schreiben von Beule. Er übermittelte uns den Dank des erbarmungswürdigen Gefangenen, der uns in seiner Freude, daß wir die Zeichnung angenommen hatten, gleich eine zweite schickte. »Der Qualtinger!« rief meine Frau, als wir das Kunstwerk ausgepackt hatten. Aber es war nicht der Qualtinger – es war Juno, die Gattin des Jupiter, Göttin der Ehe und Geburt, des Mondes und des Himmels. Natürlich lag wieder ein Erlagschein dabei, ausgestellt auf hundert Schilling – wir überwiesen zweihundert.

Zu den Osterfeiertagen bekamen wir *zwei* Zeichnungen. »Woher kennt der Mann Onkel Noldi?« wunderte sich meine Frau. Aber es war nicht Onkel Noldi, den Metzger gezeichnet hatte, es war Merkur, der Gott des Handels – und die zweite Zeichnung war nicht Tante Elsa, wie wir vermutet hatten, sondern Minerva, die Schützerin Roms und Göttin der Künste. Erlagschein vierhundert Schilling – und da wir uns angewöhnt hatten zu verdoppeln, schickten wir achthundert.

Wir freuten uns über die Zeichnungen, und doch sah ich mit einer gewissen Beklemmung im Lexikon nach, um zu erfahren, wieviele römische Götter es noch gebe. Es gab viele und sie kamen alle.

Zu Pfingsten kam Venus, die Göttin der Liebe und Schönheit, die aussah wie Dr. Robinson in der Sauna, ihr folgte Dr. Wronsky, halb Mensch, halb Pferd – darunter stand »Zentaur« –, eine Abweichung des Meisters von seinem römischen Zyklus, da die Zentauren der griechischen Mythologie angehörten und aussehen wie Menschen, die ein Pferd haben, wo andere eine Hose haben. Dann kam noch der jugoslawische Gastarbeiter von der Müllabfuhr – darunter stand »Amor« –, und jede Zeichnung kostete uns zweihundert Schilling. Was tut man nicht alles für einen Menschen, der unschuldig im Kerker sitzt. Und dann kamen sie in schneller Aufeinanderfolge, egal ob Feiertag oder nicht. Da kam Ceres, die Göttin des Ackerbaues, Diana, die Göttin der Jagd, Mars, der Gott des Krieges, Apollo, der Gott der Jugend, Neptun, der Gott der Meere, und noch einige

andere. Wir liefen zur Post, gaben die Erlagscheine auf, und wenn wir zurückkamen waren schon wieder neue Zeichnungen da.
Jetzt kamen nämlich noch die Halbgötter dran, und anstatt für einen Halbgott die Hälfte zu verlangen, verlangte Metzger dasselbe wie für einen Ganzgott. Die Dioskuren Kastor und Pollux berechnete er pro Stück, ebenso Romulus und Remus sowie die drei Grazien. Neunhundert Schilling kosteten die neun Musen. Dann folgte Vesta mit einem Dutzend Vestalinnen – dreizehnhundert Schilling – und Bacchus mit zehn Bacchanten und zehn Bacchantinnen – zweitausendeinhundert Schilling. Wir hatten schon einige tausend Schilling in die Zeichnungen investiert, aber wir konnten Metzger, dem wir soviel bedeuteten, nicht enttäuschen.
Lieber schränkten wir uns ein. Meine Frau gab das Rauchen auf und ich das Kaffeehaus. Meine Frau verzichtete auf einen neuen Wintermantel und ich auf einen Anzug. Ich ging nicht einmal mehr zum Friseur – meine Frau schnitt mir die Haare.
Und dann kam ein Schreiben Beules mit der freudigen Nachricht, daß Metzger wegen guter Führung ein Drittel seiner Strafe nachgesehen wurde und daß er noch vor Weihnachten die Strafanstalt verlassen werde.
»Wir werden ihn kennenlernen!« jubelte meine Frau.

»Endlich!« Ich jubelte nicht. Der Winter stand vor der Tür. Wird Metzger etwas zum Anziehen haben?
»Wir müssen ihm warme Kleidung kaufen«, sagte ich. Welche Größe? War er groß oder klein? Schlank oder dick? Wir beschlossen, einen Kredit aufzunehmen und einen größeren Betrag auf sein Konto zu schicken, damit er sich kaufen kann, was ihm paßt. Wir schickten dreitausend Schilling für einen Mantel, fünftausend für einen Anzug, tausend für Schuhe, zweitausend für warme Wäsche, Socken, Hut. Wir schickten und schickten.
»Wir müssen ihn einladen«, sagte meine Frau plötzlich. »Er darf am Weihnachtsabend nicht allein sein. Er soll sehen, daß ihn die Gesellschaft wieder aufnimmt.« Wir luden ihn ein.
Wir mußten ihm ein Geschenk unter den Baum legen. Wir mußten einen Baum kaufen, da unser Bäumchen gerade für uns beide gut genug war. Wir mußten Gäste einladen. Sie sollten sehen, wie schön es ist, Gutes zu tun. Meine Frau trug ihren Schmuck ins Leihhaus – ich verkaufte meinem Schwager die Rechte für sämtliche Bücher, die zu schreiben mir noch gestattet sein wird.
Natürlich fiel uns ein, müssen wir seine Zeichnungen aufhängen. Schnell trugen wir sie zum Rahmen, unsere Wände waren von oben bis unten mit echten Metzgers behängt. Der Fuchs,

der Leherb und der Hundertwasser, die wir besitzen, wurden in den Keller gestellt.
Es kam der Weihnachtsabend, es kamen die Gäste – wer *nicht* kam, war Metzger. Wir konnten es nicht verstehen. Sollte ihm etwas zugestoßen sein? Wir riefen in der Strafanstalt an – dort war er unbekannt. Ich rief Herrn Beule an, der, wie er mir einmal schrieb, ständig im Hotel Schubert wohnt – unbekannt. Ich fragte in der Bank nach, bei der er sein Konto hatte – abgehoben. Beule war ein Schwindler, Metzger existierte nicht, unser Geld war weg.
Wohltätigkeit ist etwas Schönes.

Als ich einmal, es war noch lange vor diesem Erlebnis, meinem Neffen Ladi, damals 10, sagte: »Wir Menschen sind da, um den anderen zu helfen«, fragte er mich:
»Wozu sind dann die anderen da?«
Das frage ich mich auch.

Meine junge Nichte fuhr nach Paris, ohne die französische Sprache zu beherrschen. Ehe sie den Männern sagen konnte, daß sie nicht das ist, wofür sie sie halten, war sie es schon. Deshalb sage ich immer:

Fremdsprachen lernen!

Ich kann Englisch. Leider nicht gut genug, um meine Werke selber ins Englische übersetzen zu können, und da dies mein sehnlichster Wunsch war, ging ich hin und nahm Unterricht. Mein Lehrer war Dr. Borger. (Wie ich später erfuhr, stand das »Dr.« nicht für Doktor, sondern für Dragomir. Borger war Rumäne.) Als Student hatte er vor undenklichen Zeiten Nachhilfestunden in Englisch erteilt, war dann Journalist geworden, hatte sich später in der Emigration wieder mit seinen Englischkenntnissen durchgebracht und war nun seit Jahren in Pension. Aber er besaß immer noch seine von ihm selbst erdachte Unterrichtsmethode. Sie war nicht schlecht. An Hand einer gewissen Familie Johnson, die man durch alle Stationen (stations) ihres Lebens begleitete, lernte man, sich englisch auszudrücken. Zum Beispiel:
First lesson: Mr. and Mrs. Johnson have just married. Mr. und Mrs. Johnson haben eben geheiratet. Haben Mr. und Mrs. Johnson eben geheiratet? Ja. Mr. und Mrs. Johnson haben eben

geheiratet. Wann haben Mr. und Mrs. Johnson geheiratet? Mr. und Mrs. Johnson haben eben geheiratet. Hat Mr. Johnson Mrs. Miller and why hat Mrs. Johnson nicht Mr. White geheiratet? Nein, Mr. Johnson hat Mrs. Johnson geheiratet. Hat Mrs. Johnson Mr. White geheiratet? Nein, Mrs. Johnson hat Mr. Johnson geheiratet. Das alles in einem Gemisch von deutsch und englisch, wobei er die englischen Wörter besonders deutlich hervorhob. Why hat Mr. Johnson nicht Mrs. Miller geheiratet? Ich wußte es nicht. Ich wurde langsam nervös. Warum fragte Borger soviel, wo er die Leute anscheinend kannte? Vielleicht gehörte es dazu. Auf alle Fälle wußte ich jetzt, daß Mr. und Mrs. Johnson eben geheiratet hatten.
Ich kam nach Hause. »Was gibt es Neues?« fragte meine Frau. »Nichts Besonderes. Mr. und Mrs. Johnson haben eben geheiratet.« Ich ging auf mein Zimmer. Meine Frau sah mir nach, als ob ich verrückt geworden wäre. Wer ist Mr. Johnson? Wen hat er geheiratet?
Am nächsten Tag kam die second lesson. Mr. and Mrs. Johnson had a house. Ich freute mich für sie. It was not a big house, it was a small house. Es war kein großes Haus, es war ein kleines Haus, und es war nicht zu glauben, was die Johnsons drinnen alles untergebracht hatten. Allein der living-room war vollgestopft mit Vokabeln für Borgers Schüler. Da gab es big tables,

small tables, big chairs, small chairs, Teppiche in green, red, blue und yellow, da gab es Schränke und Kommoden, einen Kamin, eine Bar, ein Klavier, eine Orgel, eine Baßgeige, ein Schlagzeug, da waren Bilder on the walls, Lampen und Luster und – da die Johnsons Tierliebhaber waren – a cat and a dog. In einem cage – einem Käfig – zwitscherte ein canary, in einem andern saß ein Papagei und sagte: »My name is Coco!« Andere süße Vögel, wie Adler, Schleiereulen und Lämmergeier, flogen in dem kleinen Garten herum, der sich neben dem Haus befand. Dort gab es auch lions, wolves (Wölfe) und elephants, so daß ich bereits von einer großen Anzahl von Tieren wußte, wie sie im Englischen heißen. Das war eben Borgers Methode.
Nun kamen die Fragen: »Who is playing the piano? Mr. Johnson or the elephant?« Da ich mir nicht vorstellen konnte, daß der Elefant Klavier spielen würde, sagte ich: »Mr. Johnson is playing the piano.« »Sehr gut!« meinte Borger, aber schon wurde es schwieriger. »Who is playing the organ? The wolf or the lion?« Wer spielte wirklich die Orgel. Der Wolf oder der Löwe? »Keiner von beiden«, sagte ich kurz entschlossen. »Falsch!« rügte mich Borger. »Der Löwe spielt die Orgel. Mr. Johnson hat ihn dressiert.« Das konnte ich nicht wissen. Sonst spielte übrigens keines der Tiere ein Instrument. Johnson spielte alles was in dem Zimmer

herumlag, hing und stand. Schlagzeug, Violine, Baß, Saxophon, Klarinette, Gitarre usw. Mr. Johnson schien ein äußerst musikliebender Mensch zu sein. Aber wir waren noch nicht fertig. »Was sagte der Papagei in the cage?« fragte Borger. »Der Papagei in the cage sagte: ›My name is Coco!‹« antwortete ich. »Gut! Der Papagei hat sich Ihnen vorgestellt. In so einem Fall haben Sie zu sagen: ›Glad to meet you!‹« Ich begriff. Wenn jemand sagt: »My name is Coco!« habe ich zu sagen: »Glad to meet you!«
Frau Borger brachte Kaffee. Ich war etwas durchgedreht. »Glad to meet you!« sagte Frau Borger, worauf ich antwortete: »My name is Coco!« Es war ihre Schuld. Hätte sie gesagt: »My name is Coco!« hätte ich gesagt: »Glad to meet you!«
Am nächsten Tag ging die Lektion weiter. Ich erfuhr, daß die Johnsons im 1. Stock ihres kleinen Hauses two bedrooms sowie einen Raum für ein Kinderzimmer hatten. Heavens, durchfuhr es mich auf englisch. Mrs. Johnson wird doch nicht etwa schon –? Sie war etwa schon. Borger verriet es mir hinter der vorgehaltenen Hand. »Mrs. Johnson is erwartend a baby!« lächelte er glücklich.
Beschwingt eilte ich nach Hause. »Mrs. Johnson is erwartend a baby!« rief ich meiner Frau freudestrahlend zu und ging in die Küche. Ich fühlte, daß sie mir besorgt nachsah. Wenn

schon! Das Ereignis mußte gefeiert werden. Ich nahm eine Flasche Sekt aus der Icebox, sagte »Cheerio!« und trank sie aus. Glücklich sinnierte ich vor mich hin. »Die kleine Mrs. Johnson!« flüsterte ich zärtlich. »Ob es ein Junge wird oder ein Mädel?« Ich trank eine zweite Flasche. Mit einer dritten in der Hand torkelte ich in das Schlafzimmer.

Meine Frau weinte. Why?

Ich konnte die fourth lesson kaum erwarten. Hoffentlich hat Mrs. Johnson nicht sehr gelitten, als sie das baby bekam. In meiner Vorstellung war sie eine zarte Person, während ich in ihm einen unangenehmen Riesen sah.

Borger hüllte sich in Schweigen. Wollte er mich schonen oder wollte er mich auf die Folter spannen? Er begann: Mr. and Mrs. Johnson were sitting in the garden of their house. It was not a big house –« »It was a small house!« fiel ich ungeduldig ein – und dachte: Das weiß ich bereits, du Trottel! Was mich interessiert, ist wie es Mrs. Johnson geht. Okay, sie was sitting, aber vielleicht war es noch gar nicht so weit und es stand ihr noch alles bevor? Ich hing an Borgers Lippen. »›Tonight we'll have a Gewitter!‹ sagte Mr. Johnson. ›Well‹, antwortete Mrs. Johnson, ›ich will bringen Little-Joe into the house.‹« Joe jubelte ich inside. Es war ein Junge! Aber ich hatte mich geirrt. Joe war der Hund. Der Junge war ein Mädchen und hieß Alice. »Wo ist Klein-

Alice?« fragte Mr. Johnson. ›Sie spielt am Strand‹, sagte Mrs. Johnson« – diesmal alles auf englisch. »Strand?« wunderte ich mich. »Mr. Johnsons Haus liegt am Strand?« »Am Meeresstrand«, belehrte Borger mich. »Of course, it was not a big house –« »It was a small house!« unterbrach ich ihn. »Ich wußte bloß nicht, daß es an einem Strand liegt!« »Nur mit der frontside«, beruhigte mich Borger. »Die backside stößt an einen rock – einen Felsen –, von dem a lovely waterfall – ein lieblicher Wasserfall – herunterrieselt. Rechts von dem Haus fließt ein river – ein Fluß –, während links von dem Haus ein munterer creek – ein Bach – plätschert.« Ob das nicht zuviel Wasser für das Kind ist? Das Haus mußte durch und durch feucht sein. Ich hielt es, gelinde gesagt, für unverantwortlich von Mr. und Mrs. Johnson, ein kleines Mädchen wie Alice in einem solchen Haus aufzuziehen. Ob das gut enden wird? Sicherlich war es *sein* Wunsch. Ich haßte ihn.

»Was ist los mir dir?« fragte mich meine Frau, als ich nach Hause kam. »Du siehst so bedrückt aus.«

»Es ist wegen des Kindes«, entgegnete ich. »Ich mache mir Sorgen. Vorne ist das Meer, hinten der Wasserfall, links der Fluß und rechts der Bach?« Ich ging kopfschüttelnd auf mein Zimmer. Meine Frau eilte zum Telefon.

Als ich wieder herauskam, fand ich meinen

Freund Dr. Pinter vor. Pinter ist Psychoanalytiker, seine Spezialität ist die Traumdeutung.
»Servus!« begrüßte ich ihn.
»Servus!« antwortete er mit einem Blick, in dem das ganze Unbehagen der Kultur lag. »Deine Frau erzählte mir eben, daß du heute nacht schlecht geträumt hättest.«
»Ich? Ich habe überhaupt nicht geträumt.«
»Und Alice?« schrie meine Frau. »Du hast die ganze Nacht nach ihr gerufen!«
»Alice ist ein Kind.«
»Und du bist der Vater!«
»Der Vater ist Mr. Johnson! Willst du mir eine Szene machen?«
»Ich lasse mich scheiden!«
»Freunde ...«, stammelte Dr. Pinter.
»Laß sie! Ich habe mir bloß Sorgen wegen des Mädchens gemacht. Sie waren unnütz. Mrs. Johnson wird schon care von ihr taken. Freilich«, fiel ich in meinen früheren Zustand zurück, »wenn ich bedenke, daß der Garten voller Löwen, Wölfe und Elefanten ist? I see you later!« Ich ging. Die beiden starrten mir nach. Draußen hörte ich meine Frau laut aufschluchzen. Wie ich später erfuhr, ließ Pinter für mich ein Zimmer in der Psychiatrischen Klinik reservieren.
Fifth lesson. Ich hatte es geahnt. Alice hatte Lungenentzündung und lag im Spital. Sie hatte aber auch Scharlach, die Masern und two bro-

ken legs. Mr. Johnson, der an der Beulenpest erkrankt war, wurde der Blinddarm herausgenommen, und Mrs. Johnson hatte Kopfschmerzen, was mich nicht wunderte. Die Johnsons verfolgten mich. Ich wurde sie nicht los. Was kümmerte es mich, daß Johnsons Geschäft pleite ging, daß er Busfahrer werden mußte (eine Gelegenheit, bei der Borger mich eine Cityfahrt durch London machen ließ, wobei er mich mit allen Sehenswürdigkeiten vertraut machte), was ging es mich an, daß Joe eingegangen und Mrs. Johnsons Mutter verstorben war? Natürlich lernte ich dadurch viele Wörter kennen. Ich wußte, daß shawl Schal heißt und shilling Schilling – und shovel Schaufel und bubonic plague Beulenpest. Aber das allein war es nicht. Das Schicksal der Johnsons ging mir nahe. Näher als das irgendeines Verwandten. Und ich konnte nicht helfen. Daß ich in Mrs. Johnson verliebt war, wußte ich längst. Auch meine Frau wußte es. Ich hatte die Hölle zu Hause. Und Borger? Als ich ihm mein Bedauern über das Ableben von Mrs. Johnsons Mutter aussprach, sagte er lachend: »She was an old foolish woman. Sie war eine alte, verrückte Frau!« Und als ich ihm vorwarf, daß er kein Pietätsgefühl habe, meinte er, es wäre ein Scherz gewesen. Sollte das möglich sein? Konnte man in England eine ältere Dame »an old foolish woman!« nennen?

Ich hielt bei der 26th lesson. »Mr. and Mrs. Johnson are taking a walk«, sagte Borger und sah mich eigentümlich an. Was hatte er? Warum sollten Mr. und Mrs. Johnson keinen Spaziergang machen?
»Suddenly – plötzlich«, fuhr er fort, »kam ein car um die Ecke«. Ein Auto? Und plötzlich? »Nein!!!!« schrie ich auf. »Yes!« sagte Borger und lachte diabolisch. »Mörder!« rief ich. »Sie wollen sie töten!« Ich wollte nicht dabei sein. Ich stürzte aus dem Zimmer. Draußen hörte ich noch sein teuflisches Gelächter. Ich fiel zu Boden. Herzinfarkt.
Als ich wieder gesund war, fand ich ein Telegramm aus London vor: Mr. Daniel Gaylord, der große englische Verleger, bat mich zu einer Besprechung. Ich flog nach London und war sofort Gast einer mir zu Ehren gegebenen Party. Mein Englisch war tadellos, nur paßten die Sätze, die ich sagte, nicht zu jenen, die die andern sagten. Als Mr. Gaylord mich fragte: »How do you like the Buckingham-Palace« und ich sagte: »Well, it's not a big house, it's a small house«, sahen die Umstehenden einander seltsam an. Als man sich dann erkundigte, warum meine Frau nicht mitgekommen sei und ich antwortete: »Alice has the bubonic plague!« rückte man von mir ab, und als die Gattin des Verlegers bemerkte: »You're a charming gentleman!« und ich sagte: »You're an old foolish woman!« –

ging ich. Das heißt, ich ging nicht – man warf mich hinaus.

Aus meiner englischen Edition wurde nichts. Dafür schrieb ich mit Borger eine TV-Serie: »The Johnsons – eine englische Familiengeschichte«, die die »Forsyth-Saga« und »Das Haus am Eaton-Place« bei weitem übertraf.

Es gibt Gelegenheiten, wo man einfach dabeisein muß. Das ist die Geburt, das Begräbnis und ein Karajangastspiel. Deshalb heißt die nächste Satire:

Karajan oder *Man muß dabeisein!*

»Bist du fertig!?«

»Noch zwei Minuten.«

Ich war verzweifelt. Das hörte ich jetzt seit einer Stunde. »Beeil dich«, bat ich. »Die Oper beginnt um 19 Uhr, und wir haben 18 Uhr 10!«

»Die Wimpern von meinem linken Auge sind verrutscht«, klang es unwirsch aus dem Nebenzimmer.

»Das hast du schon vor einer halben Stunde gesagt!«

»Das waren die vom rechten.«

Man kann mit meiner Frau nicht ins Theater gehen, weil sie mit dem Anziehen nicht fertig wird. Warum fängt sie nicht früher damit an? Warum nicht? Ich bin ein Karajan-Fan. Karajan ist nach dreizehn Jahren nach Wien zurückgekehrt und dirigiert heute zum ersten Mal wieder in der Staatsoper. Die Hochzeit des Figaro. Ich bin ein Mozart-Fan. Karajan *und* Mozart – das kann ich mir nicht entgehen lassen. Natürlich war es fast unmöglich, Karten zu bekom-

men. Die Leute boten zehntausend Schilling für einen Sitz. Sogar die Mozartkugeln waren ausverkauft. Man mußte dabeisein, sonst war man nicht in. Und die andern waren sicher dabei. Der Antel, der Jürgens, der Heltau. Naiv wie ich bin, ging ich zur Tageskasse. Nachdem ich über eine Stunde lang Schlange gestanden hatte, erfuhr ich, daß es keine Chance gebe, auch nur den schlechtesten Sitz zu bekommen. Ich gab nicht auf. Ich ging ins Unterrichtsministerium.
»Bitte?« fragte man mich.
»Ich möchte den Herrn Unterrichtsminister sprechen.«
»In welcher Angelegenheit?«
»Ich möchte ihn um zwei Karten für die Oper bitten. Ich kenne den Herrn Unterrichtsminister persönlich.«
»Das nützte nichts. Der Herr Minister ist beim Herrn Bundeskanzler. Er braucht selbst zwei Karten und hofft, daß ihm der Herr Bundeskanzler dazu verhelfen kann.«
Auf zum Bundeskanzler.
»Bitte?« fragte man mich.
»Ich möchte den Herrn Bundeskanzler sprechen.«
»In welcher Angelegenheit?«
»Ich möchte ihn um zwei Karten für die Oper bitten. Ich kenne den Herrn Bundeskanzler persönlich.«
»Das nützt nichts. Der Herr Bundeskanzler ist

beim Herrn Bundespräsidenten. Er braucht selbst zwei Karten und hofft, daß ihm der Herr Bundespräsident dazu verhelfen kann.«
Auf zum Bundespräsidenten. Auf der Straße rief jemand meinen Namen. Ich wandte mich um – es war der Staatsoperndirektor. »Ich war auf dem Weg zu Ihnen«, sagte er. »Ich möchte Sie um zwei Karten für mein Theater bitten. Ich brauche sie für den Papst.« Aussichtslos.
Wie wir dann doch zu Karten gekommen sind? Erstens gehören meine Frau und ich zur Prominenz – und zweitens ist die Friseurin meiner Frau die Schwägerin eines Logenschließers, der zwar schon in Pension ist, der aber immer noch seine Beziehungen hat. Der Logenschließer brauchte eine Wohnung für seine Tochter, ich kannte den Prokuristen einer Wohnbaugesellschaft, der für seinen Sohn einen Posten als Ingenieur suchte, meine Frau war einmal mit einem Industriellen verlobt, der ein Visum nach China benötigte, wir verschafften dem Industriellen das Visum, der Industrielle stellte den Sohn des Prokuristen an, der Prokurist gab der Tochter des Logenschließers eine Wohnung, und wir bekamen die Karten! Und meine Frau vertrödelte die Zeit.
»Wie weit bist du?« fragte ich ungeduldig.
»Nur noch die Lippen.«
Ich atmete auf. Es war 18 Uhr 30. Ich wollte keine Minute dieses herrlichen Abends versäu-

men. Ich sah ihn vor mir: die Oper, die festlich gestimmten Menschen, den Jürgens, den Antel, den Heltau, ich hörte den Applaus – da war er! Er! Karajan! Er hob den Taktstock, ich hörte die ersten Takte der Ouvertüre – und dann die Sänger! José van Dam als Figaro, Frederica von Stade als Cherubin, Illeana Cotrubas als Susanna – die beste Susanna der Welt!

»Fertig!« sagte meine Frau. »Was für einen Mantel soll ich nehmen? Den Zobel oder den Nerz?«

»Den Zobel.«

»Du weißt aber, wie sie ihn in der Garderobe behandeln.«

»Dann den Nerz.«

»Natürlich werden alle im Zobel sein.«

»Dann den Zobel.«

»Ich will mich aber von den andern unterscheiden.«

»Dann den Nerz!«

Meine Frau verlor die Geduld. »Kannst du mir nicht *einmal* einen vernünftigen Rat geben?« schrie sie. »Andere Männer sagen ihren Frauen auch, welchen Mantel sie nehmen sollen!«

»Nimm den Regenmantel oder den Trachtenmantel! Nimm den Zobel und schlag den Nerz über den Arm! Nimm den Nerz und den Zobel darüber!« weinte ich. »Nimm den Bademantel, nimm was du willst, nur komm schon!«

Sie nahm den Persianer. Das Taxi stand seit ei-

ner halben Stunde vor dem Haus. Wir stiegen ein, fuhren los, blieben stehen.
»Schnell!« beschwor ich den Taxifahrer. »Wir haben keine Zeit!« Der Mann wurde ausgesprochen ungnädig. »I kann net über die andern darüberhupfen«, entgegnete er gereizt. »Wenn S' des woll'n, müassen S' Ihna an Hubschrauber nemma!«
»Nein, nein!« beruhigte ich ihn. »Es ist schon gut so.«
Wir kamen zur Oper, natürlich als letzte. Die Presse hatte die Anwesenden sicherlich schon notiert. Den Jürgens, den Antel, den Heltau.
»Siehst du die Mäntel?« fragte meine Frau mich an der Garderobe. »Alle eingezwängt.«
»Ich bin nicht gekommen, um die Mäntel zu sehen, ich bin gekommen, um den Karajan zu sehen!« Ich schleifte sie zur Saaltür, wo uns bereits ein Platzanweiser erwartete.
»Die Karten bitte«, sagte er höflich. Meine Frau starrte ihn an, als ob er ihre Tresorschlüssel verlangt hätte.
»Die Karten!« zischte ich. »Die kleinen Zettelchen, die so schwer zu bekommen waren!«
Meine Frau stand da, als hätte sie einen Schlag auf den Kopf bekommen. »Ich hab sie nicht«, stammelte sie.
»Waaas???« Applaus aus dem Saal – das war Karajan.
»Wo sind sie, zum Kuckuck?«

»Ich weiß es nicht ... ich habe sie jemandem gegeben ...«
»Jemandem gegeben?« fragte ich entgeistert und fühlte, wie sich meine Hände mit unwiderstehlicher Gewalt der Kehle meiner Frau näherten. »Wem hast du sie gegeben? Du mußt doch wissen, welchem Trottel du sie gegeben hast?«
Bei dem Wort »Trottel« funkte es. »Dir«, sagte sie ruhig. Es stimmte – aber wo hatte ich sie? Wir fuhren nach Hause. Böse, schweigend, scheidungsträchtig.
Zu Hause drehte ich die Wohnung um. Im Schreibtisch – nichts. Im Schrank – nichts. In der Gewürzbar – nichts. Meine Frau telephonierte inzwischen mit ihrem Anwalt. Sie zählte ihm auf, was sie in die Ehe mitgebracht hatte. Eigentlich alles. Von mir stammten nur zwei Karten für die Karajanaufführung – und die hatte ich verloren.
Irrtum! Da waren sie! In der linken Seitentasche meines Trachtenanzuges. Wie sie dorthin gekommen sind – ich weiß es nicht. Für die Oper war es zu spät. Wir gingen zu Bett – zwei Feinde.
Am nächsten Tag traf ich Robinson auf der Straße.
»Gestern waren wir in der Oper«, begann er. »Es war herrlich! Und dieses Publikum! Der Jürgens, der Antel, der Heltau!«

»Und Karajan?«
»Der auch. Und dann die Sänger! Piero Capucilli, Leontyne Price, Luciano Pavarotti – man mußte dabeigewesen sein!«
Ich starrte ihn an. »Was redest du da?« fragte ich. »Was heißt Capucilli, Price, Pavarotti? Du meinst José van Dam, Frederica von Stade, Ileana Cotrubas, die beste Susanna ...«
»Susanna?« Jetzt starrte *er* mich an. »Seit wann gibt es im ›Troubadour‹ eine Susanna?«
»Troubadour? Wieso?«
»Gestern hat Karajan den ›Troubadour‹ dirigiert – und übermorgen dirigiert er den ›Figaro‹ ...«
Ich gab ihm auf offener Straße einen Kuß. Dann eilte ich nach Hause. Hoffentlich hat meine Frau die Karten nicht weggeworfen, betete ich unterwegs ununterbrochen. Hoffentlich hat meine Frau die Karten nicht weggeworfen. Hoffentlich hat meine Frau die Karten nicht – nein, da waren sie noch! Inbrünstig drückte ich sie an meine Lippen.
Meine Frau war im Kosmetiksalon. Ich rief sie an. »Verzeih mir«, bat ich sie unter Tränen. »Ich war ein Vieh! Die Karten sind für übermorgen! Gestern war ›Troubadour‹!«
»Ich komme!« jubelte sie.
Ich war selig. In zehn Minuten wird sie hier sein, rechnete ich mir aus, wenn sie dann sofort mit dem Anziehen beginnt, ist sie übermorgen fertig.

Wir werden dabeisein!

Wir waren *nicht* dabei.
Für mein Leben gern hätte ich die Cotrubas gehört – die beste Susanna der Welt – leider bekam sie eine Grippe. Nicht die Cotrubas – meine Frau. Mich steckte sie an – und da ich ein Mensch bin, der mit einem Husten lieber zum Arzt geht als in die Oper, blieb auch ich zu Hause.
Wer weiß – vielleicht kommt Karajan in dreizehn Jahren wieder …

Ein verrücktes Paar

Die Geschichte wiederholt sich, doch es geht ihr so wie beim Fernsehen; die Remakes sind nicht so gut wie das Orginal. Doch auch die Geschichten wiederholen sich: Courths-Mahler ist wieder modern. Ob es nicht angezeigt wäre, einmal in ihrem Stil zu schreiben? Vielleicht käme man auch zu einer Millionenauflage. Man könnte es ja versuchen.

Ich harre Deiner!

Ein Roman-Entwurf von Hugo Wiener-Mahler.

Graf Udo von Kürenburg, Stammherr der Kürenberg-Kürenburg, saß frierend in seinem Lehnstuhl. Der Morgen war kalt und feucht wie eine Hundeschnauze, und die Sonne schien so bleich, als wäre ihr schlecht. Schwach umklammerte die zitternde Hand des 80jährigen den Elfenbeingriff seines Krückstocks. »Der Herbst steckt mir in allen Gliedern«, sprach er mit brüchiger Stimme, »ich werde langsam alt. Wenn ich an die Zeit zurückdenke, in der ich noch ein junger Leutnant war. Der Kaiser persönlich – –«, er versuchte sich zu erheben, um strammzustehen, aber Udo, sein Neffe, drückte ihn sanft in den Stuhl zurück. »Bleibt sitzen, Oheim«, sagte er, und ein falscher Unterton mengte sich in seine Stimme, »Ihr seid noch zu schwach.«

»Du hast recht, Udo«, sprach der Graf. »Ich wollte nur sagen, der Kaiser persönlich hat mir die Hand gedrückt.« Sein Blick irrte durch das Zimmer. »Wo ist Thusnelda, mein Sonnenschein?« fragte er.
»Ich weiß es nicht, teurer Oheim«, sagte Udo. »Ich habe sie heute noch nicht gesehen.« Sein Gesicht verzerrte sich hinter dem Rücken des Grafen zu einer bösen Fratze. Wohl hatte er Thusnelda gesehen, doch hütete er sich, es dem Oheim zu verraten. Wie es schien, teilte dieser nicht nur seine Liebe, sondern auch sein Testament zwischen Thusnelda und ihm. Der Graf fuhr fort:
»Thusnelda ist die einzige Erinnerung, die mir meine Gemahlin, Gräfin Amalaswintha, hinterlassen hat. Wenn ich an unsere Vermählung denke! Der Kaiser – –« Mühsam erhob er sich, stand stramm und salutierte, dann fiel er wieder in den Lehnstuhl zurück und sprach weiter: »Der Kaiser persönlich war anwesend und gratulierte uns.« Er bekam einen Hustenanfall.
»Ihr hustet, Oheim«, sagte Udo mit falscher Besorgnis. »Darf ich Euch eine von Kaisers – –« Der Graf wollte sich erheben, doch Udo winkte ihm ab. »Darf ich Euch eine von Kaisers Brustkaramellen anbieten?« fragte er und hielt dem Oheim ein kleines Säckchen hin. Der Graf bediente sich und sagte: »Ich danke dir, mein Neffe!«

In diesem Augenblick huschte Thusnelda ins Zimmer. Sie war ebenso liebreizend wie ihr Name, ihr Haar war blond und ihr Gesichtchen frisch wie Frühlingsblumen. »Guten Morgen, Vater!« sagte sie. Die Augen des Grafen schmolzen. »Wo warst du, mein Kind?«
»In der Küche«, sagte Thusnelda. »Ich kochte Rübenmarmelade, jenes wunderbare Teppichputzmittel, das man nachher noch so schön als Brotaufstrich verwenden kann.«
»Du bist ein braves Kind!« Der Graf strich liebkosend über Thusneldas Goldhaar, während das Mädchen jungfräulich-scheu zu seinen Füßen kniete. »Daß man es nie geboren hätte!« flüsterte Udo finster vor sich hin.
»Ich fühle mich müde«, sagte der Graf zitternd. Udo frohlockte. Das machte das Gift, das er dem Alten jeden Morgen in den Kaffee goß. »Höre, Thusnelda«, setzte der Graf fort. »Ich habe mit dir zu sprechen.«
»Vater!« Thusnelda zog sich zu einem Schrei zusammen. »Ich möchte deine Zukunft sichern«, setzte der Graf fort. »Mein Vermögen gehört dir – doch brauchst du einen anständigen Mann, der es zu verwalten weiß. Udo, dein Vetter, hat mich überzeugt, daß er der Richtige ist.«
Thusnelda erbleichte. Ihr war so weh zumute, wie einem geschlossenen Regenschirm, von dem das Wasser rieselt. Ihr Herz gehörte Hasso,

Udos Bruder, dem der Graf, durch Udos falsche Anschuldigungen veranlaßt, das Haus verboten hatte. Seit fünf Jahren stand sie am Fenster und wartete auf ihn. So oft die Klingel ertönte, schlug ihr das Herz bis zum Hals empor, und nur mit Mühe drängte sie es wieder zurück.
Udo triumphierte. Das Vermögen des Grafen war sein, des Mädchens wird er sich schon entledigen. Der Graf wandte sich an seine Tochter: »Was sagst du, mein Kind? Willst du ihn zum Gatten nehmen?« Thusnelda schlug die Augen zu Boden: »Als gehorsame Tochter will ich, was mein Vater will.« Der Graf atmete auf: »So kann ich in Ruhe meinen Kaffee trinken.« Seine zitternde Hand griff nach der Tasse. Im selben Augenblick stürzte Hasso herein. Er war groß, blond und blauäugig. »Halt, Oheim!« rief er. »Trinkt ihn nicht!« »Verflucht!« entfuhr es Udo.
»Hasso!« rief der Graf, und seine Fäuste ballten sich. »Mein ungeratener Neffe, den ich des Hauses verwiesen habe?«
Hasso schüttelte den blonden Kopf. »Ungeraten nur durch die Lügen, die jener, mein Bruder, über mich verbreitet hat!« Seine Augen blitzten, und mit donnernder Stimme prasselte der Hagel des Zornes auf den Bruder hernieder. »Du sollst es erfahren, Oheim!« setzte er fort. »Er gibt dir seit drei Tagen Gift in den Kaffee!« Entsetzt fuhr der Graf auf. »Ist das wahr, Udo?«

fragte er. »Ja«, gestand Udo bitter. Seine Pläne waren zusammengebrochen. »Hans, der treue Verwalter, hat es mir verraten«, sprach Hasso weiter. Der Graf wandte sich an Udo: »In meinem Zimmer«, sprach er, »liegt die Pistole, die mir der Kaiser – –«, er erhob sich, Thusnelda und Hasso stützten ihn. »Die mir der Kaiser«, wiederholte er salutierend, »persönlich überreicht hat. Richte dich damit.« Udo verließ den Raum. Man hörte einen Pistolenschuß. »Wie soll ich dir danken, Hasso?« fragte der Graf seinen Neffen.

Hoffnung strahlte aus Hassos blauen Augen. Die Wolken hatten sich geteilt, und die Sonne schien so prächtig, daß man jeden Augenblick erwartete, sie könnte Eintritt dafür verlangen. »Gebt mir Thusnelda zum Weib, Oheim«, bat Hasso. »Ich bin, trotz aller Intrigen meines Bruders, gekommen, noch einmal um ihre Hand zu bitten.«

Der Graf sah in das Gesicht seiner Tochter. »Willst du, Thusnelda?« fragte er lächelnd. Thusnelda senkte das Köpfchen und ihre Wangen röteten sich, wie die Äpfel im Schloßgarten, ehe sie vom Baum fallen. »Als gehorsame Tochter will ich, was mein Vater will«, hauchte sie. »So sei's denn!« sagte der Graf zu Hasso. »Ich nehme dich zum Eidamer!« Hasso und Thusnelda fielen einander in die Arme. »Nun wird wieder Leben herrschen auf Kürenberg!« sagte

Hasso glücklich. »Kinderlachen wird ertönen –«
»Liebst du Kinder?« unterbrach ihn der Graf.
»Wie nichts auf der Welt!« gestand Hasso.
»Dann wirst du eine große Freude haben«, sagte der Graf. »Thusnelda hat schon eines!«
Man kann über den literarischen Wert der Courths-Mahler'schen Werke denken wie man will – eines ist klar: sie hat mit dreißig mehr Bücher geschrieben, als Moses in seinem ganzen Leben.

Ein Geschäftsmann ist ein Mensch, der im Kaffeehaus ans Geschäft denkt und im Geschäft ans Kaffeehaus. Ein solcher Geschäftsmann ist Herr STRANSKY. Heute hat er wieder einmal Geldsorgen, und Herr LEUBUSCH erklärt ihm, wie er zu einem Kleinkredit kommen kann.

Kreditsorgen

Spielt in einem typischen kleinen Wiener Vorstadtkaffeehaus. Bei Aufgehen des Vorhangs sitzt Herr LEUBUSCH bereits an einem Tisch. Vor ihm steht eine Tasse Kaffee mit einer Semmel. In einem Körbchen liegt ein Kipfel.

LEUBUSCH *(ungeduldig auf den Tisch klopfend, ruft)*: Josef! – Josef!

JOSEF *(Ober, kommt)*: Sie wünschen, Herr Leubusch?

LEUBUSCH: Was haben Sie mir da serviert? Der Kaffee ist schwach – die Semmel ist alt – –

JOSEF *(frech)*: Na und? Sie werden auch einmal alt und schwach werden!

LEUBUSCH *(schreit ihn an)*: Der Kaffee ist nicht zu trinken! Bringen Sie mir den Chef!

JOSEF: Das hat keinen Zweck, Herr Leubusch – der trinkt ihn auch nicht.

LEUBUSCH: Eine Frechheit! Ich werde nie mehr in dieses Tschecherl kommen! Das verspreche ich Ihnen!

JOSEF *(ungerührt)*: Danke!

LEUBUSCH *(empört)*: Sie! Was sind das für Antworten?

JOSEF: Na, glauben Sie, der Chef wird sich's Ihretwegen mit der Köchin verderben? Gäste kriegen wir genug – aber Köchinnen nicht. Jetzt haben wir seit zwei Tagen die dritte – und *die* kocht mit dem Hut auf dem Kopf, weil sie noch nicht weiß, ob sie dableibt. Wir leben in einer Demokratie, Herr Leubusch – da darf der Unternehmer nicht stark sein.

LEUBUSCH: Der Unternehmer nicht – aber der Kaffee! Schauen Sie sich das G'schlader an! Das ist ein Espresso? Das ist ein zum Kaffee gequältes Abwaschwasser! Der Kaffee ist doch so schwach, daß ich nicht weiß, wo er die Kraft hergenommen hat, aus der Kanne zu rinnen! Und die Semmel? *(Drückt sie, um zu zeigen, wie zäh sie ist)*

JOSEF: Ich hab Ihnen eh ein Kipfel gebracht …

LEUBUSCH: Das ist doch steinhart!

JOSEF: Das weiß ich. Das haben mir schon zwei Gäste vor Ihnen gesagt.

LEUBUSCH: Und da bringen Sie es mir? *(Sucht sich zu beruhigen)* Aber was rege ich mich auf! Ich werde höchstens wieder heiser – und das sind Sie mir nicht wert. Ich habe erst gestern meinem Arzt 500 Schilling bezahlt, weil er mir den Hals gepinselt hat.

JOSEF: 500 Schilling? Dafür hat er nur gepinselt?

LEUBUSCH: Was denn hätte er machen sollen? Tapezieren?

JOSEF: So ein Arzt hat eine Hacken! Dabei machen s' nix als Fehler.

LEUBUSCH: Die Ärzte?

JOSEF: Na, hören S'? Mir haben s' neulich im Spital die Zähne, den Blinddarm und die Mandeln herausgenommen, und dabei wollt ich nur meine Frau besuchen.

STRANSKY *(tritt auf)*: Guten Morgen!

LEUBUSCH *(freudig überrascht)*: Stransky! Setzen Sie sich zu mir!

JOSEF: Was werden Sie nehmen, Herr Stransky?

STRANSKY: Ich sitze noch nicht, fragt er mich schon, was ich nehmen werde. Bringen Sie mir einen starken Mokka – mir ist schlecht.

LEUBUSCH: Was fehlt Ihnen?

STRANSKY: Ich fahre seit einer Woche im Prater jeden Tag 35mal hintereinander auf demselben Ringelspiel.

JOSEF: 35mal –?

STRANSKY: Ja. Und ich vertrag das Ringelspielfahren nicht.

LEUBUSCH: Warum tun Sie es dann?

STRANSKY: Der Besitzer ist mir 800 Schilling schuldig, und ich kann das Geld nicht anders hereinkriegen.

JOSEF: So was Blödes! *(Lachend ab)*

LEUBUSCH: Es freut mich, daß ich Sie wiedersehe, Herr Stransky.

STRANSKY: Ich freu mich auch. Ich war schon bei Ihnen im Geschäft. Herr Leubusch – könnten Sie mir nicht 300 Schilling borgen? Nur auf kurze Zeit – bis mein Bruder aus Spanien zurückkommt.

LEUBUSCH: Wann wird das sein?

STRANSKY: Das ist unbestimmt. Vorläufig weiß er noch gar nicht, ob er überhaupt hinfährt. *(Bittend)* Sagen Sie nicht nein, Herr Leubusch! Sie haben doch sowieso Ihr ganzes Geld geerbt.

LEUBUSCH: Ebendeshalb kann ich es nicht hergeben. Mein Geld ist ein Andenken an meinen Vater. Außerdem sind Sie mir noch 150 Schilling schuldig.

STRANSKY *(entrüstet)*: Dafür habe ich Ihnen doch einen Scheck auf die Länderbank gegeben …

LEUBUSCH: Die Länderbank hat ihn aber nicht ausbezahlt.

STRANSKY: Die Länderbank hat keine 150 Schilling?!?

LEUBUSCH: Die Länderbank hat sie schon, aber Ihr Scheck war nicht gedeckt.

STRANSKY: Was Sie nicht sagen! Aber das kann Ihnen doch egal sein. Wenn Sie mir jetzt noch 300 Schilling geben, kriegen Sie statt 150 eben 450.

LEUBUSCH: Na, ganz so egal ist das nicht …

JOSEF *(bringt den Mokka)*: Da ist der Mokka!

Vielleicht ein Kipferl dazu? *(Hält Stransky das Körbchen mit dem Kipfel hin)*

LEUBUSCH *(warnt)*: Das ist steinhart! Das können Sie nicht hinunterwürgen.

JOSEF: Probieren Sie es, Herr Stransky. Das Leben ist auch hart, und wir müssen es hinunterwürgen.

STRANSKY: Gehen Sie mit dem Kipfel weg! Wo ist der Löffel? Soll ich den Mokka mit der Nase umrühren? Dazu ist er zu heiß.

JOSEF: Entschuldigen, Herr Stransky! *(Schnell ab)*

STRANSKY: Das ist eine Bedienung ...

LEUBUSCH: Ich hab mich auch schon aufgeregt.

STRANSKY: Was nun die 300 Schilling anbelangt – –

LEUBUSCH *(unterbricht ihn)*: Reden wir jetzt nicht von Geld – plaudern wir erst ein bißl.

STRANSKY: Wir könnten ja von den 300 Schilling plaudern ...

LEUBUSCH: Später. Was macht Ihre Frau?

STRANSKY: Immer dasselbe. Die ersten dreißig Jahre meines Lebens hat mich meine Mutter gefragt, wohin ich geh – die zweiten dreißig fragt mich meine Frau, woher ich komm!

LEUBUSCH: Ist sie eifersüchtig?

STRANSKY: Und wie! Sie wissen doch, Herr Leubusch, nichts macht eine Frau in den Augen ihres Mannes älter, als wenn er eine jüngere sieht.

LEUBUSCH: Und Sie haben eine gesehen?

STRANSKY: Und was für eine! Eva heißt sie! Sie ist Maniküre bei meinem Friseur.

LEUBUSCH: Die kenne ich doch. Die hat nicht viel im Oberstübchen.

STRANSKY: Im Oberstübchen hat sie nichts – aber das Stiegenhaus!

LEUBUSCH: Sie sind ein alter Gauner! Ich bin früher auch den Frauen nachgerannt.

STRANSKY: Und heute?

LEUBUSCH: Heute rennt keiner mehr. Aber wenn Sie auf junge Mädchen Eindruck machen wollen, sollten Sie sich nicht so nachlässig kleiden. Ich habe als Kind noch Ihren Vater gekannt. *Das* war ein eleganter Mann! Immer nur Maßanzüge ... Alle aus dem besten Material.

STRANSKY: Da sieht man, was Einbildung ausmacht. *Der* Anzug *ist* noch von meinem Vater.

LEUBUSCH: Warum kommen Sie jetzt so selten ins Kaffeehaus?

STRANSKY: Ich kann es mir nicht mehr leisten. Ich spare noch an dem Urlaub, den ich voriges Jahr gehabt habe.

LEUBUSCH: Wo waren Sie?

STRANSKY: An der Donau.

LEUBUSCH War es schön?

STRANSKY: Schrecklich! Wir waren in einer Pension – die einzigen, die sich dort satt gegessen haben, waren die Gelsen! Ich sage Ihnen, die waren so stark – wenn ich eine geschlagen habe, hat sie zurückgeschlagen. Zum Schluß wäre meine Frau bald verhaftet worden.

LEUBUSCH: Warum?

STRANSKY: Wegen dem Minibikini. Sie hat gehört, daß man einen Teil wegläßt, und hat nicht gewußt, welchen.

LEUBUSCH *(lachend)*: Entsetzlich!

STRANSKY: Wo waren *Sie* auf Urlaub?

LEUBUSCH: In Italien – am Meer.

STRANSKY: Dort muß es herrlich sein!

LEUBUSCH: Herrlich? Dort war es so überfüllt, daß ich hab fünfmal tauchen müssen, bis ich zum Wasser gekommen bin. Meine Frau hat eine glorreiche Idee gehabt – wir ziehen uns in ein Fischerdorf zurück – dort ist es idyllisch –

STRANSKY: Und?

LEUBUSCH: Dort war es so langweilig – eines Tages ist die Flut zurückgegangen und nicht mehr gekommen. Ich war froh, wie ich wieder in meinem Geschäft war.

STRANSKY: Wie geht es Ihnen mit Ihrem Geschäft?

LEUBUSCH: Wie mit einer schönen Frau. Wenn es geht, ist es wunderbar – wenn es nicht geht, ist es noch immer gut. Wie geht es Ihnen?

STRANSKY: Mir? Ich habe doch meinen Posten verloren.

LEUBUSCH: Warum schon wieder?

STRANSKY: Wegen meinem Bürokollegen. Der ist verrückt geworden.

LEUBUSCH: Was können Sie dafür?

STRANSKY: Nichts. Aber passen Sie auf: Im Juli, wie es so heiß war, steht er eines Tages vom Schreibtisch auf – stellt sich auf das Fensterbrett – sagt: »Ich fliege nach Afrika!« – und springt hinaus.

LEUBUSCH: Warum haben Sie ihn nicht zurückgehalten?

STRANSKY: Ich hab geglaubt, er fliegt wirklich.

LEUBUSCH *(kopfschüttelnd)*: Stransky – wenn die Dummheit stumm wäre, müßte sich um Sie eine göttliche Stille verbreiten!

STRANSKY: Dasselbe hat mein Chef gesagt – nur nicht so fein. Jetzt könnte ich einen Staatsposten haben –

LEUBUSCH: Und? Was fehlt Ihnen dazu?

STRANSKY: Ein Verwandter in einem Ministerium.

LEUBUSCH: Ich wüßte etwas für Sie. Ein Bekannter von mir hat ein Restaurant und sucht einen Vertrauensmann, der teils im Haus, teils im Garten arbeitet. Würde Sie das interessieren?

STRANSKY: Teils im Haus, teils im Garten?

LEUBUSCH: Ja.

STRANSKY: Verzeihen Sie, Herr Leubusch, aber das verstehe ich nicht.

LEUBUSCH: Was ist da nicht zu verstehen. Teils im Haus, teils im Garten.

STRANSKY: Eben. Teils im Haus, teils im Garten – was mache ich, wenn einer die Tür zumacht?

LEUBUSCH *(hält sich den Kopf)*: Ich kann nicht mehr!

JOSEF *(kommt)*: Verzeihen die Herren – ich möchte nur den Herrn Stransky auf etwas aufmerksam machen.

STRANSKY: Was wollen Sie?

JOSEF: Ich wollte Ihnen nur sagen – jetzt können S' den Mokka schon mit der Nase umrühren – jetzt ist er schon kalt! *(Blickt Stransky verschmitzt lächelnd an und geht ab)*

STRANSKY *(wütend)*: Sie!! *(springt auf, nimmt das Kipfel und will es ihm nachwerfen)*

LEUBUSCH *(hält Stransky zurück)*: Nicht schmeißen Sie ihm das Kipfel nach – Sie erschlagen ihn! *(Beruhigt ihn)* Der Josef ist es nicht wert, daß man sich seinetwegen aufregt. Setzen Sie sich wieder!

STRANSKY *(ruhig)*: Sie haben recht. Um aber auf unser erstes Gespräch zurückzukommen, Herr Leubusch – was ist mit den 300 Schilling?

LEUBUSCH: Ich verstehe Sie nicht! Heute, in der Zeit des Wirtschaftswunders, soll ein Mensch keine 300 Schilling haben.

STRANSKY: Ich hätte sie ja. Ich hätte mehr – aber meine Frau! Einmal kauft sie Konserven – dann kauft sie Stoffe – dann füllt sie den Keller bis hinauf mit Kohlen an – einen Kasten haben wir, da ist nur Saccharin drinnen – Berge von Saccharin – sie glaubt immer noch, daß ein Krieg kommt.

LEUBUSCH: Blödsinn! Es kommt kein Krieg. Heute wird viel zuviel dagegen geschrieben. Und ein großer Dichter hat gesagt: »Die Feder ist stärker als das Schwert!«

STRANSKY: Der soll einmal versuchen, mit einem Kugelschreiber eine Salami zu schneiden.

LEUBUSCH: Das ist doch nur bildlich gemeint. Aber wenn Sie Geld brauchen – warum nehmen Sie sich keinen Kleinkredit?

STRANSKY *(versteht nicht)*: Keinen – was?

LEUBUSCH: Keinen Kleinkredit. Haben Sie noch nichts von der Kleinkreditaktion gehört?

STRANSKY: Nein ...

LEUBUSCH: Dann lassen Sie sich erzählen: Jedem Österreicher werden bis zu 15 000 Schilling kreditiert – in bar – ohne Bürgen – wenn er eine Lohnbestätigung vorweist.

STRANSKY: Das kann ich, die gibt mir mein Bruder. Mit der Lohnbestätigung krieg ich 15 000 Schilling?

LEUBUSCH: Ja.

STRANSKY: Meine Frau auch?

LEUBUSCH: Auch.

STRANSKY: Mein Sohn auch?

LEUBUSCH: Ihr Sohn auch. Sie müssen das geborgte Geld natürlich zurückzahlen.

STRANSKY: O je. Ich hab gewußt, es ist ein Haken dabei! Aber das macht nichts. Wo krieg ich die 15 000 Schilling?

LEUBUSCH: In jeder Bank. Die Bank gibt Ihnen den Kredit.

STRANSKY: Und wo nimmt die Bank das Geld her?

LEUBUSCH: Die nimmt sich einen Kredit bei der Regierung.

STRANSKY: Und die Regierung?

LEUBUSCH: Die macht eine Anleihe im Ausland.

STRANSKY: 15 000 Schilling?

LEUBUSCH: 15 000 Schilling! 15 *Milliarden* Schilling!

STRANSKY: So viel? Das können wir doch nie zurückzahlen ...

LEUBUSCH: Nicht in bar. Wir geben es in Ware. Die VÖEST zum Beispiel liefert Eisen nach Indien – und Indien gibt uns dafür – sagen wir – zwei Millionen Tonnen Reis.

STRANSKY: Zwei Millionen Tonnen Reis? Was machen wir mit so viel Reis? Reisfleisch können wir machen.

LEUBUSCH: Wir behalten doch den Reis nicht. Wir geben ihn wieder weiter, und zwar an ein Volk, das *keinen* Reis hat. Zum Beispiel an England.

STRANSKY: England hat keinen Reis?
LEUBUSCH: Nein.
STRANSKY: Da werden sich doch die Engländer freuen, wenn sie von uns so viel Reis kriegen.
LEUBUSCH: Natürlich werden sie sich freuen. Aber sie behalten den Reis auch nicht für sich. Sie geben ihn beispielsweise an Frankreich weiter und kriegen dafür Champagner.
STRANSKY *(wundert sich)*: Champagner soll man trinken, wenn man nicht einmal Reis hat!
LEUBUSCH: Die Engländer trinken doch den Champagner nicht. Die schicken ihn nach Amerika und kriegen von dort Hafer.
STRANKSY: Die Engländer essen Hafer?
LEUBUSCH: Nein! Die Engländer schicken den Hafer nach Argentinien und kriegen von dort Fleisch.
STRANSKY: Was für Fleisch?
LEUBUSCH *(gereizt)*: Was für Fleisch! Naturschnitzeln!!
STRANSKY: Wenn sie keinen Reis haben? Zu einem Naturschnitzel gehört Reis.
LEUBUSCH *(wütend)*: Die Engländer essen doch die Naturschnitzeln nicht!
STRANSKY: So verwöhnt sind sie?
LEUBUSCH: Sie sind *nicht* verwöhnt, aber sie brauchen andere Sachen notwendiger! Sie schicken die Naturschnitzeln nach Japan! Japan schickt ihnen dafür Fotokameras – die Fotokameras schickt England nach Holland –

Holland schickt den Engländern Käse – England schickt den Käse nach Österreich – Österreich schickt ihn nach Indien – und die Inder schicken uns dafür das Eisen, das *ihnen* die VÖEST geschickt hat.

STRANSKY: Das verstehe ich nicht.

LEUBUSCH: Das können Sie nicht verstehen. Das nennt man Kompensationsgeschäfte.

STRANSKY: Sie sind ein gescheiter Mensch, Herr Leubusch. Geben Sie mir einen Rat. Angenommen, ich bekomme den Kredit – möchte ich doch das Geld irgendwie anlegen.

LEUBUSCH: Nichts leichter als das. Mein Schwager hat einen kleinen Wanderzirkus gehabt, der eingegangen ist. Jetzt löst er den Tierpark auf. Da könnte ich Ihnen einen äußerst günstigen Gelegenheitskauf vermitteln: einen Elefanten um 10 000 Schilling.

STRANSKY: Einen Elefanten? Was mache ich mit einem Elefanten?

LEUBUSCH: Sind Sie kein Tierliebhaber?

STRANSKY: Doch! Aber einen Elefanten –?

LEUBUSCH: Ein Elefant ist genauso ein Tier wie ein Hund, eine Katze oder ein Goldfisch.

STRANSKY: Das schon – aber ich kann doch den Elefanten in kein Aquarium geben. Und wissen Sie, was ein Elefant frißt?

LEUBUSCH: Fleisch.

STRANSKY: Aber wieviel Fleisch! So viele Naturschnitzeln können mir die Engländer gar nicht schicken, daß der Elefant satt wird! Wissen Sie, was das kostet? Wo nehme ich das Geld her?

LEUBUSCH: Sie immer mit Ihrem Geld! Haben Sie eine Ahnung, wie herzig der Elefant ist? Wenn Sie ihn streicheln, fährt er Ihnen mit dem Rüssel übers Gesicht!

STRANSKY: Na und? Dafür soll ich 10000 Schilling bezahlen?

LEUBUSCH: Nicht dafür! Die Zähne allein sind doch so viel wert!

STRANSKY: Und was mache ich, wenn sie falsch sind?

LEUBUSCH: Die sind nicht falsch. Sie können sich ihn ja anschauen. Er heißt »Jumbo«.

STRANSKY: Und wenn er »Farkas« heißt – ich mag ihn nicht!

LEUBUSCH: Sie werden sehen, er ist süß! Und ein Gedächtnis hat er – wie alle Elefanten. Wenn Sie ihm einmal etwas antun – das merkt er sich sein Leben lang.

STRANSKY: Das macht meine Frau auch.

LEUBUSCH: Tanzen kann er auch.

STRANSKY: Das brauche ich nicht – wir sind alle Nichttänzer. Außerdem – wohin soll ich den Elefanten geben? Ich habe eine Zweizimmerwohnung in einem Neubau. Die Wände sind so dünn – wenn ich Herzklopfen habe, nimmt mein Nachbar Baldrian. Stellen Sie sich vor, der Elefant fängt bei uns zu tanzen an!

LEUBUSCH: Sie interessieren sich also nicht für den Elefanten?

STRANSKY: Nein.

LEUBUSCH: Überschlafen Sie die Sache.

STRANSKY: Ich habe nichts zu überschlafen.

LEUBUSCH: Ich kann mir nicht vorstellen, daß man sich so einen Gelegenheitskauf entgehen lassen kann. Sagen Sie mir noch einmal, daß Sie den Elefanten für 10000 Schilling nicht wollen.

STRANSKY: Ich will den Elefanten für 10000 Schilling nicht! Ich will ihn nicht! Ich will ihn nicht! Ich will ihn nicht!

LEUBUSCH: Gut. Sie sollen sehen, was ich für ein Mensch bin. Ich mache Ihnen ein anderes Angebot: zwei Elefanten für 15000 Schilling!

STRANSKY: Zwei Elefanten für 15000 Schilling? Das ist etwas anderes! *(Hält Leubusch die Hand hin, Leubusch schlägt ein)*

Man sagt, die Ehe ist eine Lotterie. Das stimmt nicht. In der Lotterie gibt es immer einige wenige, die Glück haben. Genaugenommen auch in der Ehe. Es gibt Ehepaare mit ausgesprochenem Durchhaltevermögen. Solche Paare feiern dann eines Tages

Die goldene Hochzeit

In einem gewissen Alter sollte man von Ehepaaren erwarten, daß sie Vertrauen zueinander haben ...

Otto Goldmann und Frau Regine feierten das Fest der Goldenen Hochzeit. Otto war achtzig, Regine siebzig, zusammen hundertundfünfzig. Es gab Geschenke und Reden, ein auserlesenes Hochzeitsdinner und wieder Reden, dann waren die Gäste gegangen – die beiden blieben allein. Sie saßen auf dem alten Diwan und hielten sich bei den Händen.

»Fünfzig Jahre«, sagte er leise und wackelte mit dem Kopf. »Fünfzig glückliche Jahre!«

»Ja!« hauchte sie selig und wiederholte: »Fünfzig glückliche Jahre!« Dann begannen sie in ihren Erinnerungen zu kramen.

»Weißt du noch«, fing Regine an, »wie du um meine Hand anhieltest? Es war abends unten beim Haustor.«

»Natürlich weiß ich das«, sagte Otto. »Ich lag vor dir auf den Knien, und du sagtest ja.«

»Ja!«
»Dabei war ich bloß hingefallen, weil Glatteis war.«
»Das sagst du jetzt!« Beide lachten.
»Erinnerst du dich noch an unsere Hochzeitsreise?« fragte Otto weiter.
»Ja. Im Coupé wolltest du das Fenster herunterlassen, dabei hast du dich an der Hand verletzt und hast geblutet.«
»Ja. Ich sagte: ›Schade, daß deine Mutter nicht da ist.‹«
»Ja. Was wolltest du damals eigentlich von meiner Mutter! Sie war doch keine Ärztin?«
»Das nicht. Aber sie hatte manchmal einen Blick, daß einem das Blut in den Adern erstarrte.«
»Meine gute Mutter«, flüsterte Regine zärtlich vor sich hin.
»Und dann«, schlug sie wieder den alten Ton an, »fuhren wir ins Hotel.«
»In der Gondel«, wackelte er.
»Es war in Venedig.«
»Hotel Danieli.«
»Ja.«
»Wir standen im Brautgemach«, kicherte Otto, »und keiner von uns wollte sich zuerst ausziehen.«
»So unschuldig waren wir. Ich fragte dich: ›Wirst du mich ewig lieben?‹«
»Ich sagte: ›Ja.‹«

»Ich fragte: ›Wirst du nie eine andere haben?‹«
»Ich sagte: ›Nein.‹«
»Ich fragte: ›Werden wir auch süße kleine Kinder bekommen?‹«
»Und ich sagte: ›Wenn wir noch lange hier herumstehen – nicht.‹«
Wieder lachten beide.
»Dann lag ich in deinen Armen«, seufzte Regine. »Und dann kam Adolf zur Welt und dann Selma ...«
»Dann kam Walter zur Welt und dann Dorli ...«
»Und Adolf heiratete Ernestine – und sie schenkten uns Gerda, Heinz und Robert ...«
»Und Selma heiratete Hermann – und sie schenkten uns Raul und Lea ...«
»Und Walter heiratete Hermine – und sie schenkten uns Ladi ...«
»Und Dorli heiratete Friedrich – und sie schenkten uns Bettina ...«
»Und Gerda heiratete Max – und sie schenkten uns Erika, Herta und Grete ...«
»Und Heinz heiratete Stella – und sie schenkten uns Egon, Marta und Monika ...«
»Und Robert heiratete Elsa – Moment!« fiel es Otto auf. »Wir reden da wie die Bibel!«
»Mit Recht!« meinte Regine stolz. »Wir haben ein großes Geschlecht hervorgebracht. Zwei Söhne, zwei Töchter, sieben Enkel und acht Urenkel. Und wir haben in den ganzen fünfzig

Jahren nicht ein einzigesmal gestritten.«
»Also – wenn wir ehrlich sind – einmal doch.«
»Weshalb?«
»Wegen Felix. Erinnerst du dich nicht mehr an Felix? Er war doch dein Flirt?«
»Felix? Welcher Felix?«
»Aber Regine! Felix! Von Berger & Co. Er hat gelispelt.«
»Felix hat nicht gelispelt.«
»Du erinnerst dich also doch noch an ihn?« fragte Otto ein wenig eifersüchtig.
»Nur weil du sagtest Berger & Co. Felix war ein ausgesprochen stattlicher Mann. Er hat *nicht* gelispelt.«
»Du hast ihn anscheinend geliebt?«
»Geliebt ist vielleicht zuviel gesagt, aber wenn *du* damals nicht gekommen wärst ...«
»Hättest du ihn geheiratet – was?« Otto ärgerte sich.
»Warum fängst du heute mit der Geschichte an?« Regines Ton wurde laut und unfreundlich.
»Das ist heute sechzig Jahre her.«
»Das Vorleben einer Frau verjährt nicht.«
»Felix ist kein Vorleben – Felix war eine harmlose Angelegenheit.«
»Ach so? Was nennst du denn harmlos?« Otto keuchte, sein Herz flackerte. »Küsse im Mondenschein, Rendezvous im Kaffeehaus, Besuche in seiner Wohnung, wo es zu allem kommt, nur nicht zum äußersten!«

»Wie erlaubst du dir, mit mir zu reden?« schrie nun auch Regine. »Und wenn wir schon dabei sind – was war denn mit Flora?«
»Flora? Was für eine Flora?«
»Ich weiß nicht, wieviele Floras du gehabt hast – ich meine Flora Liebermann, dieses blonde Biest!«
»Flora war meine Geschäftskollegin.«
»So! Gehörte es da auch zu ihren Pflichten, daß sie am Semmering mit dir übernachtet hat?«
Otto war außer sich. »Du hast mich beobachten lassen?«
»Ja!« triumphierte Regine. »Achtundvierzig Jahre habe ich geschwiegen, und mindestens acht Monate habe ich nachts in den Polster hineingeweint – aber ich habe gewußt, daß der Tag kommen wird, an dem ich dir dein Verbrechen ins Gesicht schleudern kann!«
»Das mußt du mir erst beweisen!«
»Das *werde* ich dir beweisen!« Sie holte eine Schatulle aus der Kredenz und nahm einen Zettel heraus: »Hier habe ich noch die Rechnung. Detektivbüro Argus, Besitzer Romuald Beck.«
»Romuald Beck?« rief Otto wütend. »Das ist doch der Mann, mit dem du zwei Nächte in Baden in einem Hotel verbracht hast, während ich als Reisender unterwegs war und mir die Seele aus dem Leib reden mußte, damit ich ein paar Hemden verkaufe!«
»Du lügst!!!«

»Ich lüge nicht! Weißt du, wie schwer es damals war, Hemden zu verkaufen?«
»Du lügst, was Romuald betrifft! Ich war nie mit ihm in Baden, noch viel weniger in einem Hotel!«
»So?« Ottos Gesicht verzerrte sich zu einer Fratze. Er sah aus wie der Glöckner von Notredame. »Hier!« Er ging zum Schreibtisch und nahm eine Rechnung aus dem Geheimfach. »Detektivbüro Holmes. Besitzer Lothar Bernstein. Auch ich habe achtundvierzig Jahre geschwiegen, aber ich habe oft gehört, wie du nachts im Traum geseufzt hast: ›Romuald! Romuald!‹«
»Du hast mich also überwachen lassen?«
»So wie du mich! Und ich kenne deine Affären! Alle! Deine Liebschaften mit Fred, mit Oskar, mit Toni ...«
»Und ich kenne *deine* Liebschaften mit Elli, mit Ruth und mit Lotte! Schau sie dir heute an, deine Lieben!« kreischte sie so laut, daß die Nachbarn an die Wände klopften. »Die eine ist Kassierin in einem Kino, die zweite ist Köchin in einem Kaffeehaus und die dritte hat einen Zeitungsstand! Außerdem hat sie hundert Warzen im Gesicht!«
»Und du?« brüllte er ebenso laut. »Was ist mit deinen Männern? Die sind alle im Altersheim!«
»Laß mich in Ruhe!« tobte sie. »Ich gehe schlafen!«

»Ich gehe auch schlafen!« rief er ihr nach. »Aber nicht mit dir! Ich schlafe hier auf dem Fauteuil!«
Am nächsten Tag riefen die Söhne, Töchter, Freunde und Bekannten an. Alle wollten wissen, wie sie die Goldene Hochzeit verbracht hatten. Otto und Regine aber waren nicht zu Hause. Sie saßen bei ihren Anwälten, um die Scheidung einzureichen.

Zu dieser Geschichte kann ich nur sagen: Reden ist Silber – scheiden ist Gold.

Berkowitz' Ehe wurde geschieden. Die Kinder bekam sie, die Wohnung er, und das Geld bekamen die beiden Anwälte.
Schuld an allem war

Grund zum Feiern

Berkowitz kam vom Büro nach Hause.
Elisabeth, seine Frau, öffnete ihm persönlich die Tür und sang:

»Happy birthday to you,
Happy birthday to you,
Happy birthday, dear Emmerich,
Happy birthday to you!«

Sie fiel ihm um den Hals und küßte ihn. Berkowitz war starr. Er hatte auf seinen Geburtstag vergessen.
Elisabeth führte ihn zur Wohnzimmertür, band ihm ein schwarzes Tuch vor die Augen und sagte:
»Du wirst jetzt ganz brav da hineingehen und warten, bis ich zurückkomme. Ich habe eine große Überraschung für dich. Aber du mußt mir schwören, daß du die Augenbinde nicht abnimmst.«
»Ich schwöre!« sagte Berkowitz feierlich.
Elisabeth öffnete die Tür und ging zurück zur Küche. Berkowitz stand mit verbundenen Au-

gen allein im Zimmer. Er tastete sich, so schnell er konnte, zum Telefon, hob den Hörer ab und wählte, mit den Fingern fühlend, eine Nummer. Dann wartete er. Eine Stimme meldete sich.
»Kann ich Frau Podwinetz sprechen?« fragte Berkowitz leise. »Ja, die junge Frau. Frau Henny. Sagen Sie, E. B. ist am Apparat. Danke!« Er wartete, immer nervös nach der Küche horchend. Seine Frau konnte jeden Moment kommen.
»Henny?« sagte er endlich. »Ich bin's. Emmerich. Ich bin glücklich, daß ich dich erreicht habe. Verzeih mir, aber wir können uns heute nicht treffen. Ich habe meinen Geburtstag vergessen. Meine Frau hat eine Überraschung für mich, und da kann ich sie nicht gut allein lassen. – Du bist mir bös? Ich habe doch sonst immer Zeit für dich, Liebling. – Heute wäre es dir grad bequem gewesen, weil Robert eine Einladung hat? – Ich bedaure es ja auch, Schatz, aber was nicht geht, geht nicht. – Du willst Schluß mit mir machen? Sei doch nicht kindisch!« Er flüsterte erotisch: »Oder hast du die gestrige Nacht vergessen? Die wollen wir doch wiederholen! – Das wird nicht möglich sein, weil Robert in der nächsten Zeit nicht verreisen wird? Es wird sich schon eine Gelegenheit finden. – Warum hat du Angst? – Frau Stammler hat eine komische Bemerkung gemacht, als ob sie wüß-

te –? Frau Stammler soll lieber auf ihren Mann aufpassen. Der hat seit einem Monat ein Verhältnis mit seiner Sekretärin. Und daß es Frau Stammler mit ihrer Treue nicht so genau nimmt, wirst du doch wissen. – Nein? Da bist du aber die einzige. Die läßt sich doch von jedem – sagen wir – küssen. – Wer mir das erzählt hat? Das große Rundfunkorchester. Also die sagt Robert bestimmt nichts. Außerdem ist Robert mein Chef. Wenn er wirklich etwas wüßte, hätte er mich das schon längst merken lassen. – Wir müssen trotzdem vorsichtig sein? Warum? – Du bist den Wieners begegnet, als du aus dem Hotel kamst? Hm! Haben sie dich gesehen? – Das weißt du nicht? Ich sage dir, sie haben dich nicht gesehen. Wenn die allein sind, reden sie nur von den dummen Geschichten, die er macht. – Du verstehst mich falsch. Er *macht* keine dummen Geschichten, er *schreibt* welche. Und hie und da versorgt sie ihn mit Ideen. Die sagen Robert bestimmt nichts. Cissy wäre zu klug dazu und Hugo zu dumm. Also mach keine Sachen – morgen um siebzehn Uhr, wie immer. Kuß.«
Er legte den Hörer auf, und es war höchste Zeit. Elisabeth kam ins Zimmer.
»So, Liebling!« sagte sie. »Ich nehme dir die Binde ab – und jetzt schau, was wir für liebe Gäste haben!«
Im Zimmer saßen, mit grimmigen Gesichtern,

sein Chef Robert Podwinetz, Herr und Frau Stammler, meine Frau und ich.

Happy birthday, dear Emmerich,
Happy birthday to you!

Es war ein großer Denker, der da sagte: Die Zukunft ist auch nicht mehr das, was sie war.
Ich weiß nicht, wann er das gesagt hat, aber die Zukunft war niemals das, was sie war. Hätte man sich um die Jahrhundertwende den Tonfilm vorstellen können? Oder in der Zeit vor dem Ersten Weltkrieg das Fernsehen? Oder in der Zeit vor dem Zweiten Weltkrieg die Spaziergänge auf dem Mond? Gewiß hätte man sich alles vorstellen können – man hätte bloß Jules Verne heißen müssen.
Es ist immer alles anders gekommen, als es sich die Menschen ausgemalt haben. Auch in der Liebe. Wie romantisch war die Liebe noch zur Zeit unserer Urgroßeltern – und wie nüchtern ist sie heute.
Ich will Ihnen, liebe Leser, den Unterschied schildern. In zwei kleinen Szenen. Sie heißen:

Liebesleut' von einst und heut'

(Wir sehen eine Bank. Nicht eine jener Banken, die in ihrem Servicedrang immer neue Filialen eröffnen, um den geehrten Bankräubern Gelegenheit zu geben, ihre Geschäfte schneller abwickeln zu können, sondern eine Sitzbank. Eine Sitzbank in Schönbrunn. Was Schönbrunn ist, wissen ja auch meine ausländischen Leser. Schönbrunn ist das prachtvolle Wiener Lustschloß, welches die weise und vorausblickende Kaiserin Maria Theresia erbaut hat, damit sich,

Generationen später, die Touristen, die die Republik besuchen kommen, davor knipsen lassen können.)

(Wir sehen also eine Sitzbank – ein »Bankerl«, wie die Wiener sagen – besser zwei. Eines links, eines rechts. Auf der linken Bank wird in Kürze ein junges Paar aus der Biedermeierzeit Platz nehmen – auf der rechten Bank eines von heute.)

(FRANZ und HEDERL kommen von links. ER trägt einen bunten Frack mit Zylinder, SIE eine Krinoline mit dazupassendem Hut und Pompadour.)

(JOHNNY und ANTI kommen von rechts. BEIDE tragen T-Shirts und Jeans, SIE eine Trägertasche.)

EINST	HEUTE
Franz: Da wär' eine Bank, Jungfer Hederl …	*Johnny:* Da ist eine Bank, Anti!
Hederl: Wenn uns jemand sieht … Der Monsieur weiß, wie die Leut' sind … (setzen sich)	*Anti:* Prima! Da sieht uns niemand! (setzen sich)
Franz: Darf ich der Demoiselle etwas Konfekt anbieten?	*Johnny:* Willst Zuckerln? *Anti:* Bist deppert? Damit ich meine Linie verlier'?
Hederl: Bitte danke. Die Frau Mutter meint sowieso immer, daß ich ein paar Kilo zunehmen soll.	

Franz: Schön ist es da ... diese Stille ... hier muß ich immer an meinen seligen Freund, den Schubert denken ...
Hederl: Ach ja, der Schubert ... (singt) Ich schnitt es gern in alle Rinden ein ...
Franz: Wie schön die Demoiselle singt.
Hederl: Der Monsieur ist ein Schmeichler.

Johnny: Schön ist es da – nur z'wenig Lärm.
Anti: Wenn ich da an die Disko denk'! (singt) Drah di net um – der Kommissar geht um!
Johnny: Du singst sehr schön ...
Anti: Is net so arg ...
Johnny: Dann halt den Mund!
Anti: Flegel!

Franz: Dürfte ich der Demoiselle ihr kleines Handerl küssen?
Hederl: Bitte nein, Monsieur! Jetzt ist mir vor Schreck mein Tascherl hinuntergefallen!
Franz: Ich hebe es schon auf.
Hederl: Danke! Der Monsieur ist galant.
Franz: Ich werde doch die Demoiselle nicht bücken lassen.

Anti: Jetzt is' mir mei' Tasche runterg'fallen.
Johnny: Da liegt sie.
Anti: Wo?
Johnny: Wo ich mit dem Fuß hinzeig'.
Anti: Warum hebst du sie denn net auf?
Johnny: Du hast ja selber Händ'!

Franz: (zärtlich) Hederl ... Nach wem heißt denn die Demoiselle so? Nach der Frau Mutter?

Johnny: Anti. Nach wem heißt du denn so?
Anti: Nach der Antigone. Meine Eltern haben sich

Hederl: Nach der Frau Tant' …
Franz: Ein schöner Name …

in Griechenland kennengelernt.
Johnny: Ein blöder Nam'.

Hederl: Morgen stellt uns mein Bruder seine Braut vor. Da werde ich nicht einmal zum Musizieren kommen.
Franz: Die Demoiselle ist musikalisch? Was spielt denn die Demoiselle?
Hederl: Ein bisserl Spinett …

Anti: Morgen stellt uns mein Vater seine neue Freundin vor. Da werd' ich nicht einmal zum Musizieren kommen.
Johnny: Du bist musikalisch? Was spielst du denn?
Anti: Kassetten.

Franz: (seufzt) Ach ja …
Hederl: Warum seufzt denn der Monsieur?
Franz: Weil ich schon lang etwas auf dem Herzen hab' und mich nicht getrau', es zu sagen. Meint die Demoiselle, daß ich es wagen dürfte?
Hederl: Wie der Monsieur denkt …

Johnny: (seufzt) Ach ja, Anti …
Anti: Was hast du denn?
Johnny: Ich möcht' dir was sagen, aber ich tu's net.
Anti: Warum net?
Johnny: Weil ich kein Trottel bin.

Franz: Ich weiß nicht, ob die Demoiselle schon einmal über mich nachgedacht hat. Ich bin wohlbestallter kaiserlicher Finanzbemessungs über-

Johnny: Ich riskier's! Willst du mich heiraten, Anti?
Anti: Was bist du denn eigentlich?
Johnny: Momentan nix.

wachungskontrollierungsoberbeamtenstellvertreteraspirant und beziehe als solcher ein Salär von zwanzig Gulden und vierzehn Kreuzern – also ein Einkommen, welches mir gestatten würde, ein Weib zu ernähren. Und, Demoiselle – ich möcht halt schon soviel gern ein Weib ernähren. Demoiselle … (er nimmt einen Anlauf), möchten Sie sich von mir ernähren lassen?
Hederl: (verschämt) Monsieur …

Anti: Wie willst du uns denn dann beide ernähren?
Johnny: Ich hab mir gedacht, du behaltst deinen Job – und ich werd' mir weiterhin einen suchen.

Franz: Gestern, beim Dommayer, wie wir zusammen Sechsschritt getanzt haben, hab' ich mir gedacht: Die oder keine!
Hederl: (verwirrt) Monsieur …

Johnny: Vorgestern, wie wir uns die Rolling Stones im Fernsehen ang'schaut haben, hab' ich mir denkt: Die oder keine!
Anti: Das klingt unheimlich echt.

Franz: Ich genieße jetzt schon seit langem die Auszeichnung, in dem geschätzten Elternhaus der Demoiselle verkehren zu dürfen – da ist es doch wirklich keine Anma-

Johnny: Was is', Anti? Sagst ja?
Anti: Wo werden wir denn wohnen?
Johnny: Bei deinen Eltern.
Anti: Die wohnen doch

ßung, wenn ich es wage, die Demoiselle zu fragen: Will die Demoiselle die Meine werden?
Hederl: Ich kenne doch den Monsieur erst seit zwei Jahren ... das kommt alles so plötzlich ...
Franz: Ich könnte ja noch warten.

selber noch bei den Eltern.

Franz: Sagen Sie ja, Demoiselle?
Hederl: Red' der Monsieur doch mit meinem Herrn Vater ...
Franz: Darf ich das? Die Demoiselle macht mich überglücklich! Erlauben Sie mir, daß ich Ihnen zum Zeichen meiner Liebe diesen Ring an den Finger stecke? Ich habe ihn von meiner Großmutter. Den hat ihr der Großvater zur Verlobung geschenkt.
Hederl: Oh, danke Monsieur!

Johnny: Da nimm den Ring. Es ist der Verlobungsring von meiner Oma. Aber gib acht, der Opa zahlt heut noch die Raten dafür.
Anti: Ich hab' gar nicht gewußt, daß es so kleine Brillanten gibt!

Franz: Ich stelle es mir wunderschön vor – unser künftiges Glück! In der

Johnny: Ich muß gehen, Anti.
Anti: Bleib' doch noch!

Karlskirche wird die Hochzeit sein ... die Demoiselle ganz in Weiß ... und nach der Hochzeit gehen wir nach Hause ... und wenn wir dann allein sind ... dann löse ich Ihren Schleier ... darf ich jetzt Ihr Handerl küssen, Demoiselle?
Hederl: (total verwirrt) Genug, Monsieur! Gehen wir! (Sie huscht davon, er läuft hinterher)

Johnny: Ich kann net.
Anti: Du bist gar net romantisch.
Johnny: Ich net romantisch? (Er spricht sehr pathetisch.) Du weißt, daß ich alles geben würde, sogar mein Leben – wenn ich noch eine Stunde bei dir bleiben könnte!
Anti: Warum bleibst dann net?
Johnny: (spricht wieder normal) Weil wir heut' in meinem Fußballklub Training haben – und wer da zu spät kommt, muß fünf Schilling Straf' zahlen! Gemma! (Die beiden gehen)

(Ende)

Wie wird die Liebeserklärung in Zukunft aussehen? Erklären *muß* man sie, sonst würde sie kein Mensch verstehen. Und unverständlich ist ja in der Liebe alles. So küßt man z. B. eine Frau auf den Mund – weil sie schöne Beine hat.

Eine Aktie ist ein Wertpapier, das oft nur den Papierwert hat. Ich spekuliere nicht, ich kenne weder Hausse noch Baisse – ich kann mit ruhigem Gewissen sagen:

Ich weiß von nichts!

Wir saßen im Kaffeehaus: Joschi, Müllmann und ich.

Müllmann hatte Sorgen. Der Schwiegersohn seines Onkels war mit einem Mann befreundet, dessen Schwester die Frau eines Textilvertreters ist, der den Privatchauffeur eines Bankdirektors zum Freund hat. Dieser Chauffeur hatte etwas von kanadischen Aktien gehört, die an keiner Börse notierten, die aber einen ungeheuren Gewinn versprachen. Leider hielten die Aktien ihr Versprechen nicht, und Müllmann, der sein ganzes Vermögen in sie investiert hatte, war fast ruiniert.

»Heute«, klagte er, »soll ich zwanzigtausend Schilling bezahlen, und ich habe nur zehntausend.«

»Wer hat sie Ihnen geborgt?« fragte ich.

»Eckstein, Farben en gros.«

»Kenne ich.«

»Ich auch«, sagte Joschi. »Er ist kein Unmensch. Sagen Sie ihm, daß Sie nur zehntausend haben, und bleiben Sie die andern zehntausend schuldig.«

Müllmann seufzte. »Die zehntausend, die ich habe, sind doch die, die ich schuldig bleibe.«
Joschi schwieg. Plötzlich lächelte er still vor sich hin. Ich kenne dieses Lächeln. Es kündigt immer eine Idee an, die mich oder andern Leuten Geld kostet.
»Was gibt's?« fragte ich deshalb so uninteressiert wie möglich.
»Ich habe eine Idee, die nicht schlecht wäre ...«
Ich wußte es.
»Was für eine Idee ist das?« erkundigte sich Müllmann sofort.
»Eine Idee, wie Sie Eckstein abwimmeln könnten, ohne ihm einen Groschen zu bezahlen. Ich würde sie Ihnen schenken, aber ich bin selbst knapp. Wenn Sie mir tausend Schilling Erfolgshonorar zusichern würden –?«
»Was ist es?« fragte Müllmann hastig. »Die tausend Schilling spielen keine Rolle, die habe ich noch.«
»Wann und wo sollen Sie Eckstein die Summe übergeben?«
»In einer halben Stunde in meiner Wohnung.«
»Kann Ihre Frau weinen?«
»Wie ein Wasserfall.«
»Gut. Wenn Eckstein kommt, soll Ihre Frau ihn mit geröteten Augen empfangen und soll ihm erzählen, daß Sie bei einem Verkehrsunfall auf den Hinterkopf gefallen sind und dadurch das Gedächtnis verloren haben.«

»Und warum das?«
»Weil Sie sich an nichts erinnern können. Auch nicht an die zwanzigtausend Schilling, die er Ihnen geborgt hat.«
Müllmann pfiff durch die Zähne. »Prima!« sagte er. »Und ich? Was habe ich zu tun?«
»Nichts weiter, als auf alles, was Ihnen verfänglich erscheint, zu sagen: Ich weiß von nichts.«
»Das ist nicht schwer.«
»Ich gehe mit Ihnen – ich war Zeuge des Unfalls.« Sie ließen mich allein.
Am nächsten Tag erfuhr ich, was sich zugetragen hatte.
Eckstein erschien bei Müllmann und wurde von Frau Müllmann mit geröteten Augen empfangen.
»Küß die Hand, gnädige Frau«, grüßte er höflich. »Kann ich den Herrn Gemahl sprechen?«
»Leider nein!« schluchzte Frau Müllmann. Müllmann hatte ihr eine Krokotasche versprochen, wenn es ihr gelingen sollte, glaubhaft genug zu schluchzen.
Joschi kam aus dem Nebenzimmer. »Gottlob«, flüsterte er, »er schläft – und ganz friedlich.«
»Schläft?« freute sich Eckstein. »Und friedlich? Ich habe zwanzigtausend Schilling zu kassieren. Wenn Müllmann friedlich schläft, ist das hoffentlich ein Zeichen, daß er das Geld besitzt.«
»Geld!« Joschi sah ihn verächtlich an. »Müllmann hat heute andere Sorgen als Geld.«

»Andere Sorgen? Was soll das heißen?«
Frau Müllmann begann haltlos zu weinen. Sie wußte, daß sie mit jeder Träne der Krokotasche näher kam.
»Müssen Sie die arme gnädige Frau auch noch quälen?« frage Joschi vorwurfsvoll.
»Quälen? Es ist doch mein gutes Recht, das Geld, das –«
»Hören Sie mit dem Geld auf!« unterbrach ihn Joschi gereizt. »Geld, Geld, Geld! Wissen Sie denn nicht, was geschehen ist?«
»Nein ...«
»Müllmann hatte einen Verkehrsunfall.«
Eckstein erschrak. »Schwer?« fragte er.
»Ogottogottogott!« schluchzte Frau Müllmann laut auf und schlich gramgebeugt ins Nebenzimmer, um an Hand ihrer Kleider nochmals zu überlegen, welche Farbe die Tasche haben müsse.
»Ich wollte vor der bedauernswerten Frau nicht reden«, erklärte Joschi, nachdem sie den Raum verlassen hatte. »Müllmann hat eine Gehirnerschütterung erlitten und das Gedächtnis verloren.«
»Das ist doch schrecklich! Wie äußert sich das?«
»Wie äußert sich das!« imitierte Joschi ihn höhnisch. »Er hat alles vergessen.«
»Auch seine Schulden?«
»Alles. Er weiß nicht einmal, wer er ist und wie er heißt.«

»Entsetzlich! Wie ist das passiert? Ist er zu schnell gefahren?«

»Zu langsam gegangen. Ein Autofahrer hat ihn niedergestoßen.«

»Wer war es?«

»Das weiß man nicht. Fahrerflucht. Und kein Mensch in der Nähe. Wenn ich nicht dabeigewesen wäre, hätte es vielleicht noch tragischer geendet.«

»Sie waren dabei?«

»Glücklicherweise. Wir waren im Kaffeehaus, gingen nach Hause, wollten die Straße überqueren – plötzlich flitzt ein Wagen um die Ecke, schleudert Müllmann zur Seite, und so unglücklich, daß er mit dem Kopf direkt auf das Pflaster aufschlug.«

»Mit dem Kopf auf das Pflaster?«

»Direkt.«

»Und er hat das Gedächtnis verloren?«

»Vollkommen.«

»Haben Sie schon einmal etwas von Schocktherapie gehört?«

»Ja.«

»Wenn ich meine zwanzigtausend Schilling von ihm verlange, vielleicht erinnert er sich dann?«

»Ich habe wenig Hoffnung. Wenn ein Mensch auf den Kopf fällt ...«

Müllmann kam mit verbundenem Kopf und schlotternden Beinen aus seinem Zimmer. Er

sah die beiden an, als ob er sie nie zuvor gesehen hätte. »Wo bin ich?« fragte er.
»Zu Hause«, sagte Joschi mitleidsvoll. »Ich habe Sie nach Hause gebracht.«
»Wer sind Sie?«
»Aber, Herr Müllmann! Erinnern Sie sich doch. Wir sind vom Kaffeehaus nach Hause gegangen ...«
»Ich weiß von nichts.«
»Herr Müllmann«, näherte sich Eckstein. »Vielleicht erinnern Sie sich an *mich*. Ich sollte heute zu Ihnen kommen wegen des Geldes ...«
Müllmann warf einen kurzen Blick auf ihn. »Ich weiß von nichts«, sagte er dann.
»Müllmann«, redete ihm Eckstein gütig zu. »Sie schulden mir zwanzigtausend Schilling.«
»Ich weiß von nichts.«
»Ich habe sie Ihnen geborgt. In meinem Büro. Sie brauchten sie für das Finanzamt.«
Müllmann wurde hysterisch. »Ich weiß von nichts, ich weiß von nichts, ich weiß von nichts!« schrie er.
»Da sehen Sie, was Sie angestellt haben!« sagte Joschi verärgert.
Frau Müllmann stürzte ins Zimmer. Sie hatte sich für grün entschieden. »Was ist los?« fragte sie besorgt.
»Herrn Eckstein ist es gelungen, Ihren Gatten derartig zu reizen, daß sich sein Befinden wieder verschlimmert hat.«

»Um Gottes willen! Ich habe eben mit dem Arzt telefoniert. Er sagt, die geringste Aufregung könnte einen chronischen Gedächtnisschwund zur Folge haben. Sie müssen bedenken, Herr Eckstein, mein Mann ist auf den Kopf gefallen ...«

Eckstein schnaubte vor Wut. »Ich bedenke alles!« sagte er. »Wie lang dieser Zustand dauern wird, wenn Ihr Mann sich schont, hat der Arzt *nicht* gesagt?«

»Nein ...«

»Gut – dann komme ich wieder. Darauf können Sie sich verlassen. Auf Wiedersehen, Herr Müllmann!«

»Ich weiß von nichts.«

Eckstein schlug die Tür zu, daß der Luster wakkelte.

Joschi lachte. »Operation gelungen – Patient lebt«, sagte er. »Darf ich jetzt um meine tausend Schilling bitten?« Müllmann sah ihn verständnislos an. »Meine tausend Schilling«, wiederholte Joschi.

»Ich weiß von nichts, ich weiß von nichts, ich weiß von nichts!«

»Regen Sie ihn nicht auf«, meinte Frau Müllmann scheinheilig. »Sie haben doch gehört, was der Arzt gesagt hat. Keine Aufregung. Schließlich ist mein Mann auf den Kopf gefallen.«

»Ich verstehe«, sagte Joschi chevaleresk. »Ich habe schon mehr verloren als tausend Schilling.

Auf Wiedersehen, gnädige Frau – auf Wiedersehen, Herr Müllmann. Es war mir ein Vergnügen!« Er entfernte sich – jeder Zoll ein Kavalier. Frau Müllmann jubelte. »Das hast du großartig gemacht, Schatz! Bekomme ich jetzt meine Krokotasche?«
»Krokotasche?« wiederholte Müllmann.
»Glaubst du, ich bin auf den Kopf gefallen?«

Vielleicht interessiert es Sie noch, was mit den kanadischen Aktien geschah? Müllmann verstaute sie in einen Koffer und stellte diesen in den Lift eines Hochhauses. Auf diese Weise konnte er sie wenigstens *einmal* steigen sehen.

Für wahre Vaterliebe ist kein Preis zu hoch:

Auf Brautschau

Herr Papanek wohnt mit Frau und Tochter Gaby in einem Gemeindebau. Die Nachricht von Frau Papaneks böswilligem Verlassen, von dem wir in der Straßenbahn gehört haben, hat sich zum Glück als falsch erwiesen. Sie mußte bloß, nach Erhalt eines Telegramms, plötzlich zu ihren Eltern nach Gmünd reisen, da ihr Vater, ein Bauarbeiter, einen Unfall erlitten hatte. Sein Kollege, der Schwechater – so genannt, weil er immer recht haben mußte –, fiel vom Gerüst. Als er unten ankam, machte es »bum!«, Frau Papaneks Vater verstand »Kumm!« und sprang ihm nach. Heute erfreuen sich beide Herren wieder des besten Durstes.

Herr Papanek also wohnt mit Frau und Tochter Gaby, 20, in einem Gemeindebau. Die Zimmer sind so schmal, daß die Familie sich nicht einmal einen anständigen Mumps leisten kann, und die Wände so dünn, daß, wenn Herr Papanek hustet, sein Nachbar Malzzuckerln lutscht.

Herr Papanek hat niemals behauptet, daß die Wohnung feucht sei, aber eines gibt ihm zu denken: er hat einmal eine Mausefalle aufgestellt und einen Fisch gefangen.

Das Wohnzimmer ist geschmackvoll eingerichtet. Der Teppich wurde auf einem persischen Markt gekauft, die Möbel auf Raten. In der Mitte des Zimmers steht eine Sitzgarnitur, rechts ein Tischchen mit einem Telefon, links ein anderes Tischchen mit einem Fernsehapparat. Vor den Fenstern hängen weiße Stores, in der Ecke verkümmert eine Blattpflanze.
Das übrige Meublement bleibt Ihnen überlassen. Richten Sie, bitte, die Papaneksche Wohnung ganz nach Ihrem Geschmack ein.
Papanek, in Hausschuhen und Hemdärmeln, ist eben dabei, den nicht funktionierenden Fernsehapparat zu zerlegen.
Gaby, 20, telefoniert. Sie spricht im Wiener Dialekt, nicht so wie ihr Vater, der seinen tschechischen Akzent niemals verloren hat.
Gaby spricht leise, damit Herr Papanek nicht verstehen kann, was sie sagt.

GABY *(ist mitten im Gespräch):* Ob der Vater schon weiß, daß i heiraten will? Nein. Der Wladi kommt ja heute zum erstenmal zu uns ... Wann wir uns entschlossen haben? Gestern ... Kennen? Kennen tun wir uns schon seit vorgestern ... I bin schon neugierig, wie er dem Vater g'fallt! Wenn net, is' auch Wurscht! ... I ruf' dich später wieder an! Tschau! *(Sie legt den Hörer auf)*

Papanek *(gibt es auf, an dem Apparat zu arbeiten):* Der Fernseher funktioniert nicht.

Gaby *(will ihm zögernd ihre Heiratsabsicht mitteilen):* Du, Vater ...

Papanek *(nimmt keine Notiz davon):* Grad heute, wo das große Ländermatch is'.

Gaby: I will heiraten, Vater ...

Papanek *(überlegt):* Ob die Röhre kaputt is'?

Gaby *(stärker):* I will heiraten, Vater ...

Papanek *(wie vorhin):* Oder hat sich wieder jemand mit der Antenne gespielt.

Gaby *(ungehalten):* I hab' dir was g'sagt Vater: i will heiraten!

Papanek: Auf alle Fälle haben wir heute kein Programm. Kein Betthupferl, keinen Löwinger, gar nix. *(Er fragt unvermittelt)* Wen denn?

Gaby: Was wen?

Papanek: Wen du heiraten willst, mein' ich.

Gaby: Du kennst ihn net. Wladimir heißt er.

Papanek: Also das ist *keine* Empfehlung. Das is' ja russisch. Wie schaut er aus?

Gaby: Du wirst ihn gleich sehen. *(Es läutet)* Das is' er!

Papanek: Der kommt zu uns, ohne daß wir ihn eingeladen haben?

Gaby: *Ich* hab' ihn eing'laden. Soll ich ihm aufmachen gehen?

Papanek *(schreit):* Was denn? *(Gaby rennt schnell ins Vorzimmer, Papanek ruft ihr nach)* Glaubst, daß ich für den Kerl einen Lakaien engagier'?

GABY *(sagt im Vorzimmer):* Komm weiter, Wladi!

(Beide kommen ins Zimmer. Wladi trägt eine modische Frisur, gelbe Hose und karierte Jacke. Er ist trotz seines russischen Namens ein echter Wiener. In der Hand hat er eine große Schachtel, die mit einer rosa Seidenschleife zugebunden ist)

WLADI: Habe d'Ehre! *(Er gibt Gaby die Schachtel)* Da hast, gib's ins Wasser.

GABY: Sind das Blumen?

WLADI: Nein – mei' Wäsch'!

GABY *(stellt vor):* Das is' der Wladi, Vater. *(Zu Wladi)* Setz dich! Da hast einen Aschenbecher.

PAPANEK *(hat sich nicht erhoben. Er wirft Wladi, der ihm anscheinend nicht sympathisch ist, eine Schachtel Zünder zu):* Und da haben S' a Feuer! Vielleicht gibt Ihnen jemand eine Zigarette dazu.

WLADI *(lacht):* Dei' Vater is' a Schlager! Der g'fallt mir! *(Zu Papanek)* Kennen Sie den Unterschied zwischen Ihnen und einer Kokosnuß?

PAPANEK: Nein ...

WLADI: Bei einer Kokosnuß kriegt ma' was z'trinken.

PAPANEK *(verbissen):* Wollen S' was trinken?

WLADI: Ja.

PAPANEK: Dann kaufen S' Ihnen a Kokosnuß!

GABY *(ist peinlich berührt)*: Vater ...

WLADI *(beruhigt sie)*: Lass' ihn! Der g'fallt mir! Der is' a Schlager!

PAPANEK *(zu Gaby)*: Wo hat du denn den kenneng'lernt?

GABY: In einem Warenhaus.

PAPANEK: Das muß bei einem billigen Ausverkauf gewesen sein. *(Er wendet sich an Wladi)* Sie wollen meine Tochter heiraten. Wer weiß, ob ihr zusammenpaßt?

WLADI: Das haben wir schon probiert, und essen können wir in der Werksküche.

GABY *(wie vorhin)*: Wladi ...

PAPANEK *(findet langsam Gefallen an dem Freier)*: Laß' ihn! Der is' a Schlager! Der g'fallt mir! *(Zu Wladi)* Sie werden begreifen, daß ich als gewissenhafter Vater ein paar Fragen an Sie richten muß. Haben Sie einen Beruf?

WLADI: I bin Straßenaufgraber. Jetzt bin i schon seit zwei Wochen bei der Gemeinde Wien beim U-Bahn-Bau ang'stellt und hab' noch keine Schaufel in der Hand g'habt.

PAPANEK: Das ist doch kein Fehler?

WLADI: Die andern haben aber *alle* eine Schaufel – zum Anlehnen!

GABY *(der das Gespräch immer peinlicher wird)*: Wladi ...

PAPANEK: Lass' ihn! Der is' a Schlager! Der g'fallt mir! *(Zu Wladi)* Haben S' eine Wohnung?

WLADI: Eine Altwohnung. Leider ist der Plafond so schadhaft, daß es mir auf den Kopf regnet.

PAPANEK: Haben S' das noch nicht dem Hausherrn g'sagt?

WLADI: Aber ja! I hab' ihn schon zweimal g'fragt, wie lang das noch dauern wird.

PAPANEK: Und was hat er g'sagt?

WLADI: Er is' kein Wetterprophet.

GABY *(bereits ärgerlich):* Wladi ...

PAPANEK: Lass' ihn! Der is' a Schlager! Der g'fallt mir! *(Wendet sich wieder zu Wladi)* Haben S' ein Auto?

WLADI: Ja, aber ich möchte es gegen ein neues umtauschen.

PAPANEK: Warum? Was fehlt dem alten?

WLADI: Vierundzwanzig Monatsraten.

GABY *(zu Wladi):* Mein Vater hat nix im Kopf wie sein Auto.

WLADI: Sei froh – hat er a billige Garage!

GABY *(leidet bereits):* Wladi ...

PAPANEK: Lass' ihn! Der is' a Schlager! Der g'fallt mir! *(Wieder zu Wladi)* Aber jetzt zur Hauptsache: Können Sie eine Familie ernähren?

WLADI *(wundert sich):* Familie? Wer will denn heut' Kinder?

PAPANEK: Ich meine ja meine Frau und mich.

WLADI: Das kann ich nicht.

PAPANEK: Dann kann ich Ihnen meine Tochter nicht geben. Es tut mir leid, junger Mann, aber den Weg hätten Sie sich sparen können.

WLADI: Das macht nichts. Ich hab' sowieso in der Näh' einen Fernsehapparat zu reparieren.

PAPANEK *(horcht auf)*: Was sagen Sie da? Sie können Fernseher reparieren?

WLADI: Mein Hobby!

PAPANEK *(erfreut)*: Dann nehmen Sie s' – und fangen S' gleich an! *(Wladi will Gaby küssen)* Nicht bei ihr – da fangen S' an *(Gibt ihm einen Stoß zum Fernsehapparat. Besinnt sich plötzlich)* Das heißt – ich kenne ja noch nicht einmal Ihren Familiennamen.

WLADI: Schüsserl.

PAPANEK *(entsetzt)*: Schüsserl?!?

WLADI: Sie kennen eh meinen Vater.

PAPANEK: Sie sind der Sohn von meinem intimsten Feind? Jetzt weiß ich, warum Sie Wladimir heißen! Hinaus!

WLADI: Sie sagen also nein?

PAPANEK: Ja.

WLADI *(zu Gaby)*: Dann Serwas – und bring' mir die Wäsch'! *(er geht)*

GABY *(sagt vorwurfsvoll)*: Vater!

PAPANEK: Lass' mein Kind! Für das Glück meiner Tochter ist mir kein Opfer zu groß! Lieber verzichte ich heute aufs Fernsehen – und geh' ins Wirtshaus!

Sekretärinnen sind die einzigen Frauen, die sich noch von Männern diktieren lassen.

(Dr. Robinson)

Sekretärin gesucht

Dr. Robinson liebte die Arbeit, er liebte sein Büro, er liebte die Sekretärin. Seine Frau ahnte es, aber Frauen ahnen es immer, ehe die Männer es ahnen. Fazit? Er mußte die Sekretärin entlassen. Sein Kollege, Dr. Feinberg, riet ihm: »Machen Sie es so wie ich – kaufen Sie sich ein Diktiergerät. Meine Frau ahnte es auch, ich mußte die Sekretärin weggeben, jetzt spreche ich die Briefe auf Tonband, habe einen männlichen Angestellten, der sie mir abtippt, und alles ist in Ordnung. Dabei war ich ganz unschuldig.« Aber Robinson war nicht ganz unschuldig. Als Elli, so hieß sie, ihren Posten bei ihm antrat, wollte er sie wieder entlassen, aber es war nicht möglich. Sie hatte in zwei Tagen seine Akten so durcheinandergebracht, daß er ohne sie nicht mehr auskommen konnte. Und er machte sich keinen Vorwurf. Sie konnte weder stenographieren noch maschineschreiben – für irgend etwas *mußte* er sie doch bezahlen. Und er wollte weder ein Diktiergerät, noch einen männlichen Angestellten. Deshalb hatte er auch wieder inseriert: »Tüchtige Sekretärin gesucht«.

Am nächsten Morgen erschien Lilly, schlank, groß, rothaarig, hohe Beine.
»Nehmen Sie Platz!« forderte Robinson sie auf. Lilly setzte sich, schlug die Beine übereinander. Bei mir nicht, dachte Robinson, diesmal bleibe ich stark. »Sie haben mein Inserat gelesen?« erkundigte er sich. »Ja«, sagte Lilly. »Außerdem soll ich Ihnen Grüße von Ihrem Freund Haslinger ausrichten.« Haslinger, dachte sich Robinson, wer ist Haslinger? »Sie kennen ihn doch?« fragte Lilly. »Ja, ja«, sagte Robinson. Wer ist Haslinger? Er hatte keine Ahnung. »Waren Sie schon einmal Sekretärin bei einem Rechtsanwalt?« fragte er. »Nein«, sagte Lilly ehrlich. »Ja, dann ...« bedauerte Robinson. Er sah in das von roten Haaren umrahmte hübsche Gesicht mit den grünen Augen. »Dann«, setzte er schnell hinzu, »könnte man es ja trotzdem einmal versuchen. Ich kann doch einem so lieben Freund, wie dem – dings – wie heißt er?« »Haslinger«, sagte Lilly. »Haslinger«, setzte Robinson fort, »keine Bitte abschlagen.« Wer ist Haslinger? Egal. Ich werde sie nicht lang behalten, nahm er sich vor, bevor meine Frau vom Urlaub kommt, muß sie verschwinden. Ich werde ihr auch nicht viel bezahlen. »Meine letzte Sekretärin hat sechstausend Schilling bekommen«, begann er wieder. Lilly, die das linke Bein über das rechte geschlagen hatte, schlug jetzt das rechte Bein über das linke. Robinson trat der

Schweiß auf die Stirne. »Wären Sie mit siebentausend zufrieden?« fragte er. Lilly war überrascht. »Ja, aber ich habe doch gesagt, daß ich von dieser Arbeit nichts verstehe.« »Das ist es ja«, scherzte Robinson. »Je weniger man von einer Arbeit versteht, desto schwieriger ist sie.« Beide lachten. »Sprechen Sie Fremdsprachen?« erkundigte er sich. »Nein«, gestand Lilly aufrichtig. »Sie meinen«, lachte Robinson, »außer Deutsch sind Ihnen sämtliche Sprachen fremd.« Lilly lachte mit ihm. Robinson nahm eine Flasche Whisky und zwei Gläser aus dem Schreibtisch und schenkte ein. »Auf gute Zusammenarbeit!« Er hob sein Glas. »Auf gute Zusammenarbeit, Herr Doktor!« Sie stießen an und tranken. Robinson füllte nach. »Prost!« sagte er. »Prost!« sagte Lilly. Sie tranken wieder. Herrgott, daß es noch solche Mädels gibt, dachte er. Zwanzig Jahre jünger müßte man sein – oder sie zehn Jahre älter. Letzteres würde ihm allerdings weniger gut gefallen. Er schenkte nach. »Ihre Arbeit ist nicht schwer«, meinte er vertraulich. »Sie übernehmen das Telefon, setzen meine Termine fest ...« Wieder tranken sie. »Wenn es nötig ist, begleiten Sie mich zu beruflichen Besprechungen ...« Lilly nickte. Sie tranken. »Haben Sie einen Freund?« fragte Robinson. »Nein«, sagte Lilly. »Das ist gut«, nickte Robinson und schenkte nach. »Prost! Nicht daß es mich stören würde, ich frage das

nur, weil es möglich sein könnte, daß wir einmal über Land fahren müssen.« »Oh!« sagte Lilly. Robinson biß sich auf die Lippen, was hatte er da gesagt? Er wollte doch gar nicht wieder anfangen. Schuld war der Whisky. Wer ist Haslinger? Er wird es sofort wieder gutmachen, er wird ihr sagen, daß es bloß ein Scherz war. Aber der Whisky lenkte seine Zunge. »Ich habe nämlich auch in den Bundesländern Klienten. Da könnte es geschehen, daß wir einmal über Nacht bleiben müßten.« »Ich verstehe«, meinte Lilly. Wenn sie verstand, umso besser. Aber es durfte nicht sein. Seine Frau würde es ja doch wieder ahnen. »Wollen wir vielleicht zusammen einen kurzen Brief schreiben?« schlug er vor. »Gerne«, sagte Lilly und setzte sich zur Schreibmaschine. »Können Sie ein Farbband einspannen?« fragte er. »Nein«, meinte Lilly bedauernd. »Macht nichts«, tröstete Robinson sie. »Paderewski konnte auch kein Klavier stimmen.« Sie lachten. Lilly hatte einen Bogen Papier eingespannt. »Darf ich beginnen?« fragte Robinson mit dem ganzen Charme eines Verteidigers in Strafsachen. »Bitte!«
»Also – schreiben Sie.« Er diktierte:
»Herrn Arnold Feigl. Favoritenstraße 17, 1040 Wien. Sehr geehrter Herr Feigl! Auf Ihr Schreiben vom 26. d. M. muß ich Ihnen im Auftrag meines Mandanten, Herrn Theodor Weidlich, mitteilen ...« Robinson unterbrach sich und

sah Lilly bewundernd an. »Was Sie für herrliche Augen haben!« sagte er und diktierte weiter. »Wenn Sie behaupten, daß Sie bei Ankauf eines Fernsehapparates im Geschäft meines Herrn Mandanten übervorteilt wurden, so stimmt das nicht. Im Gegenteil.« Wieder unterbrach er sich. »Ich habe noch niemals so vollkommen schöne Hände gesehen!« Er diktierte: »Ich mache Ihnen einen Vorschlag.« Er beschloß aufs Ganze zu gehen. »Wollen Sie heute abend mit mir essen?« fragte er. Lilly senkte den Kopf. Robinson stand hinter ihr. »Sie haben einen süßen Leberfleck am Hals!« gurrte er und drückte einen Kuß drauf. »Herr Doktor!« sagte Lilly mit leisem Vorwurf. Er diktierte: »Bringen Sie ihn mir, ich werde ihn von einem Experten prüfen lassen.«

Die Tür ging auf, Frau Robinson trat ein.

Robinson starrte sie an. »Du bist schon zurück?« fragte er. »Du solltest doch erst in einigen Tagen –?«

»Ich weiß«, meinte Frau Robinson höhnisch. »Ich wollte meinen geliebten Mann überraschen, und es scheint mir gelungen zu sein.« Sie wechselte den Ton. »Wer ist das Fräulein?« fragte sie energisch.

»Das Fräulein?« wiederholte Robinson stotternd. »Meine neue Sekretärin. Ich habe ihr eben probeweise einen Brief diktiert.«

»So!« sagte Frau Robinson übertrieben liebens-

würdig. »Darf ich ihn vielleicht sehen, diesen Brief?« Sie nahm den Bogen aus der Maschine und las:
»Herrn Arnold Feigl, Favoritenstraße 17, 1040 Wien. Sehr geehrter Herr Feigl! Auf Ihr Schreiben vom 26. d. M. muß ich Ihnen im Auftrag meines Mandanten, Herrn Theodor Weidlich, mitteilen, was Sie für herrliche Augen haben.« Robinson erschrak, während seine Frau fortfuhr: »Wenn Sie behaupten, daß Sie bei Ankauf eines Fernsehapparates im Geschäft meines Herrn Mandanten übervorteilt wurden, so stimmt das nicht. Im Gegenteil. Ich habe noch niemals so vollkommen schöne Hände gesehen.« Robinson wäre am liebsten aus dem Fenster gesprungen, aber sein Büro lag im 13. Stock, und er war abergläubisch. Frau Robinson las weiter: »Ich mache Ihnen einen Vorschlag. Wollen Sie heute abend mit mir essen? Sie haben einen süßen Leberfleck am Hals. Bringen Sie ihn mir, ich werde ihn von einem Experten prüfen lassen.«
Wie es weiterging? Die Sekretärin wurde entlassen, Robinson kaufte sich ein Diktiergerät, seiner Frau zum Geburtstag einen Nerz, zu Weihnachten einen Zobel und zum Hochzeitstag einen Jaguar.
Heute hat Dr. Robinson schon längst wieder eine Sekretärin, aber seine Frau weiß nichts davon. Wieso nicht? Es ist eine Privatsekretärin.

Kein Ort eignet sich besser zum Diskutieren als das Kaffeehaus. Diesmal ist das brennende Problem

Geldzirkulation

Spielt in einem kleinen Wiener Kaffeehaus. Tisch, Stühle, Kleiderständer usw.

LEUBUSCH *(sitzt bei Aufgehen des Vorhangs auf der Bühne und ruft ungeduldig):* Josef!... Josef!... Eine Bedienung ist das!

JOSEF *(kommt):* Bin schon da, Herr Leubusch ...

LEUBUSCH: Schon da! Wissen Sie, wie oft ich Sie gerufen habe? Viermal!

JOSEF: Entschuldigen Sie, Herr Leubusch – ich hab's nur dreimal g'hört. Was darf ich Ihnen bringen?

LEUBUSCH: Ich wünsche einen Kaffee ... schön braun, nicht zu licht, nicht zu dunkel – –

JOSEF *(will gehen):*

LEUBUSCH: Wo laufen Sie hin?

JOSEF: Zum Anstreicher – ein paar Farbmuster holen.

LEUBUSCH *(wütend)*: Frechheit! *(setzt fort)* Ferner möchte ich eine Semmel – resch, aber nicht zu resch – und Zahnstocher.

JOSEF: Und die Zahnstocher in welchem Stil? Rokoko, Empire oder Biedermeier?

LEUBUSCH *(schreit):* Gehen Sie schon!

JOSEF: Werden Herr Leubusch heute nicht Domino spielen?

LEUBUSCH: Mit wem?

JOSEF: Mit dem Herrn Mittermeier. Er ist im Spielzimmer.

LEUBUSCH: Mit dem spiele ich nicht mehr – der ist mir zu kurzsichtig. Der hat vorgestern ein Stück Würfelzucker angesetzt und hat den Doppelblaß in den Kaffee geworfen.

STRANSKY *(tritt auf):* Guten Tag ...

LEUBUSCH *(freudig überrascht):* Guten Tag, Herr Stransky! Setzen Sie sich zu mir!

JOSEF: Was wünschen Herr Stransky?

STRANSKY: Einen Kaffee ohne.

JOSEF: Wollen Sie einen Löffel?

STRANSKY: Natürlich. Ich kann doch nicht mit der Nase umrühren.

JOSEF: Dann sagen Sie nicht »ohne«. *(Ab)*

STRANSKY *(ruhig zu Leubusch)*: Was sagen Sie zu dem Josef, Herr Leubusch?

LEUBUSCH: Das Kaffeehaus wird man sich abgewöhnen müssen. Wie geht es Ihnen?

STRANSKY: Gesundheitlich nicht gut. Morgen lasse ich mich untersuchen, bei dem Dr. Werner in Ihrem Haus.

LEUBUSCH: Der ist doch Doktor der Musik –?

STRANSKY: Ich weiß es.

LEUBUSCH: Was wollen Sie dann bei ihm?

STRANSKY: Ich habe Singen im Ohr. Außerdem fühle ich mich furchtbar müde.

LEUBUSCH: Nehmen Sie Fichtennadelbäder.

STRANSKY: Das sticht zuviel.

LEUBUSCH: Dann gehen Sie zum Dr. Jellinek.

STRANSKY: Der ist mir zu teuer.

LEUBUSCH: Zu teuer? Wissen Sie, was der Spesen gehabt hat, bis er überhaupt Arzt geworden ist?

STRANSKY: Natürlich weiß ich das, aber die kann er doch nicht alle von *einem* Patienten zurückhaben wollen. Auch verschreibt er mir zu moderne Mittel. Da muß einer schon sehr gesund sein, daß er die aushält. – Was macht die Familie? Ist das Fräulein Tochter schon verlobt?

LEUBUSCH: Leider noch nicht. So ein hübsches Mädel ... mir aus dem Gesicht wie herausgerissen und findet keinen Mann. Neulich habe ich ihr Bild an den »Klub der Einsamen« geschickt ... ich habe mir gedacht, vielleicht interessiert sich dort einer für sie ...

STRANSKY: Und? Was haben die darauf geantwortet?

LEUBUSCH: *So* einsam sind sie nicht. – Wie geht es der Frau Gemahlin?

STRANSKY: Fragen Sie nicht! Bevor wir geheiratet haben, habe ich ihr einmal gesagt, daß sie schöne Zähne hat – seitdem macht sie den Mund nicht mehr zu. Und Geld gibt sie aus! Jetzt will sie sich wieder eine elektrische Geschirrspülmaschine kaufen.

LEUBUSCH: Seien Sie froh! Meine glaubt, sie hat eine geheiratet!

JOSEF *(kommt mit zwei Tassen Kaffee)*: Da ist der Kaffee! Haben die Herren noch einen Wunsch?

STRANSKY: Bringen Sie mir eine Semmel – aber eine braune.

JOSEF: Leider – wir haben nur platinblonde. *(Ab)*

STRANSKY *(immer verwunderter)*: Was sagen Sie zu dem Josef?

LEUBUSCH: Das Kaffeehaus wird man sich abgewöhnen müssen!

STRANSKY: Ich habe Sie sowieso lange nicht hier gesehen.

LEUBUSCH: Drei Wochen. Ich war in Rom.

STRANSKY: Nicht möglich.

LEUBUSCH: Da haben Sie ein Foto von dort. *(Nimmt ein Foto aus der Tasche)* Da stehe ich neben dem Apoll von Belvedere. Das links ist der Apoll.

STRANSKY: Das hätten Sie mir gar nicht erst sagen müssen. *(Bewundernd)* Sie in Rom! Können Sie Italienisch?

LEUBUSCH: Si, signore. Italienisch ist gar nicht schwer. »Giorno« heißt »Tag«, »notte« heißt »Nacht« – und mit den andern Worten ist es dasselbe. Außerdem kennt jeder ein paar Brocken Italienisch. Sie bestimmt auch. Was heißt zum Beispiel »casa piccola«?

STRANSKY: »Wenig Geld«.

LEUBUSCH: »Kleines Haus!« Wie kommen Sie auf »wenig Geld«?

STRANSKY: Ich habe geglaubt, weil Sie gesagt haben »Kassa«.

LEUBUSCH *(weich aussprechend)*: »Casa!« Das heißt Haus. Aber was anderes. Was heißt »tutti avanti«?

STRANSKY: *Das* weiß ich: »Brust heraus!«

LEUBUSCH *(wütend)*: Nein!! »Alles voran!«

STRANSKY: Ich hab geglaubt, weil Sie gesagt haben Tu – –

LEUBUSCH *(unterbricht ihn schnell)*: Ich weiß! Aber auch wenn Sie nicht Italienisch können, würde ich Ihnen wünschen, einmal nach Rom zu fahren. Dort herrscht ein Leben! Eine Elegance! Eine Geldzirkulation!

STRANSKY: Eine – was?

LEUBUSCH: Eine Geldzirkulation.

STRANSKY: Was ist das?

LEUBUSCH: Sie wissen nicht, was Geldzirkulation ist?

STRANSKY: Nein ...

LEUBUSCH *(versucht zu erklären)*: Das Geld zirkuliert ... es geht von einem zum andern ... es macht einen Kreislauf ...

STRANSKY: Da muß *ich* eine Kreislaufstörung haben! Zu mir kommt es nicht.

LEUBUSCH: Sie und Ihr Geld zählen doch da nicht. Ich spreche doch von wirklichem Geld. Von Kapital und Arbeit.

STRANSKY: Was ist da eigentlich für ein Unterschied?

LEUBUSCH: Das kann ich Ihnen sagen. Wenn ich Ihnen hundert Schilling borge, ist das ein Kapital – wenn ich sie wieder zurückhaben will, ist es eine Arbeit. Aber das meine ich jetzt nicht. Nehmen Sie an, Sie wären ein italienischer Großindustrieller und erzeugen – sagen wir – Fieberthermometer.

STRANSKY: Warum gerade Fieberthermometer?

LEUBUSCH: Es ist mir so eingefallen.

STRANSKY: Hätte Ihnen nicht etwas Besseres einfallen können? Was kann man an Fieberthermometern schon verdienen?

LEUBUSCH: In der heutigen Zeit, wo niemand krank sein will, ein Vermögen. Sie haben, Ihrer Stellung entsprechend, natürlich auch einen Sekretär – –

STRANSKY: Wozu?

LEUBUSCH: Weil Sie eine Hilfe brauchen.

STRANSKY: Aha!

LEUBUSCH *(fortsetzend)*: Und bezahlen ihm in unserer Währung achttausend Schilling im Monat.

STRANSKY: Das ist mir zuviel.

LEUBUSCH: Warum?

STRANSKY: Weil ich bei solchen Gehältern in Konkurs gehen muß! So viel Fieber können die Italiener gar nicht haben, daß ich das hereinkriege!

LEUBUSCH: Dann zahlen Sie ihm siebentausend Schilling!

STRANSKY: Sechs – und keinen Groschen mehr!

LEUBUSCH *(gereizt)*: Gut – sechs! Das ist ein Einkommen, das es dem Mann ermöglicht, seiner Frau zum Geburtstag ein Geschenk zu kaufen. Er geht also zum Juwelier und kauft ihr einen Stein.

STRANSKY: Für *mein* Geld.

LEUBUSCH: *Ihr* Geld ist ja bereits *sein* Geld! Das Geld hat ja schon begonnen zu zirkulieren. Denn der Juwelier braucht einen Anzug und geht zum Schneider – der Schneider braucht ein Paar Schuhe und geht zum Schuhmacher – und der Schuhmacher braucht ein Schloß und geht zum Schlosser. Der Schlosser wieder braucht ein Bett und geht zum – –

STRANSKY *(fällt ein)*: Zum Bettler – –

LEUBUSCH: Zum Tischler! Der Tischler aber erkältet sich *(triumphierend)* und –?

STRANSKY: Kriegt einen Schnupfen.

LEUBUSCH: Richtig! Und was macht man, wenn man einen Schnupfen hat?

STRANSKY: Man niest.

LEUBUSCH: Nein!!!

STRANSKY: Also *ich* niese immer.

LEUBUSCH: Man kauft sich –?

STRANSKY: Einen Glühwein.

LEUBUSCH: Ein Fieberthermometer! Dieses Fieberthermometer aber erzeugen *Sie* – und so kommt das Geld, das Sie Ihrem Sekretär gegeben haben, wieder zu Ihnen zurück.

STRANSKY: Das ist ein schönes Verlustgeschäft.

LEUBUSCH: Wieso?

STRANSKY: Na hören Sie?! Ich bezahle meinem Sekretär sechstausend Schilling, und der Tischler kauft sich ein Fieberthermometer? Was kann so ein lumpiges Fieberthermometer schon kosten? Außerdem, was mache ich, wenn der Tischler *kein* Fieber bekommt? Wenn das ein gesunder Tischler ist?

LEUBUSCH: Wenn Sie eine Frau wären und so schön wären, wie Sie dumm sind, wäre die Brigitte Bardot eine Mißgeburt gegen Sie! Ich wollte Ihnen doch nur erklären, daß in Italien das Geld den Besitzer wechselt.

STRANSKY: Und in Österreich nicht?

LEUBUSCH: Nein. In Österreich wechselt höchstens der Besitzer das Geld.

JOSEF *(kommt)*: Darf ich kassieren? Ich werde abgelöst! Da fällt mir ein, Herr Stransky, ich krieg noch hundert Schilling von Ihnen.

STRANSKY: Ich weiß es, Josef, aber heute habe ich sie leider nicht. Ich habe nur fünfzig.

JOSEF *(deutet auf einen Fünfzigschillingschein, den Stransky in der oberen Seitentasche hat)*: Dann geben Sie mir einstweilen den! *(Nimmt den Schein und steckt ihn in seine eigene obere Seitentasche)* Krieg ich noch fünfzig.

STRANSKY: Ja.

LEUBUSCH *(zu Josef)*: Sagen Sie einmal, Josef – Sie haben mir doch neulich auf tausend Schilling nicht zurückgeben können und sind mir hundert Schilling schuldig geblieben.

JOSEF: Ja. Aber heute habe ich sie leider nicht.

LEUBUSCH: Das macht nichts. Geben Sie mir einstweilen die fünfzig Schilling, die Ihnen Herr Stransky gegeben hat. *(Nimmt den Schein aus Josefs Tasche und steckt ihn in seine obere Seitentasche)* Krieg ich noch fünfzig.

JOSEF: Ja.

STRANSKY *(zu Leubusch)*: Sagen Sie einmal, Herr Leubusch – Sie sind mir doch von der letzten Dominopartie noch hundert Schilling schuldig.

LEUBUSCH: Ja. Aber heute habe ich sie leider nicht.

STRANSKY: Das macht nichts. Geben Sie mir einstweilen die fünfzig Schilling, die Ihnen der Josef gegeben hat. *(Nimmt den Schein und steckt ihn wieder in seine obere Seitentasche)* Krieg ich noch fünfzig.

LEUBUSCH: Ja.

STRANSKY *(zu Josef)*: Sagen Sie einmal, Josef – ich bin Ihnen doch eben jetzt fünfzig Schilling schuldig geblieben?

JOSEF: Ja …

STRANSKY: Da haben Sie sie! *(Gibt Josef die fünfzig Schilling)* Sind wir quitt.

JOSEF *(überrascht)*: Ja. *(Im selben Ton wie Stransky, zu Leubusch)* Sagen Sie einmal, Herr Leubusch – ich bin Ihnen doch eben jetzt fünfzig Schilling schuldig geblieben?

LEUBUSCH: Ja …

JOSEF: Da haben Sie sie. *(Gibt ihm den Schein)* Sind wir quitt.

LEUBUSCH *(verwundert)*: Ja. *(Im selben Ton zu Stransky)* Sagen Sie einmal, Herr Stransky – ich bin Ihnen doch eben jetzt fünfzig Schilling schuldig geblieben?

STRANSKY *(hat alles erstaunt verfolgt)*: Ja.

LEUBUSCH: Da haben Sie sie. *(Gibt ihm den Schein)* Sind wir quitt.

STRANSKY *(erstaunt)*: Ja. Und ich habe wieder meine fünfzig Schilling …

LEUBUSCH: Wer ist jetzt wem was schuldig?

JOSEF: Keiner – keinem.

STRANSKY: Sehen Sie, meine Herren – so zirkuliert das Geld in Österreich!!

ENDE